エゴイスト

愛是自私

egoist

makoto takayama

高山真

1

僅僅是為了回到故鄉，我就特地買了昂貴的衣服。至今我依然深信，所有想讓留在鄉下同學們嫉妒得咬牙切齒的人，做的都是同一件事。能以日常便服返鄉的話，代表那個人其實不離開故鄉也行。

襯衫的胸口與牛仔褲的後口袋……唯有在這些最常被人留意的地方繡上品牌商標與金屬牌的服飾，才會被我穿在身上。如此厚臉皮的打扮，若是穿去和東京的友人赴約，馬上便會成為他人揶揄的笑料；可若是在一小時只發兩班車的地方性單線鐵路上以這身打扮巧遇中、小學時代的同學，笑料頓時就會成為我的盔甲，服裝的意義於焉改變。

自東京搭乘新幹線三個多小時，而後在只有「回聲號」（註1）會停靠的車站下車，轉乘JR在來線（註2）後抵達第五個車站，接著再搭上一班地方鐵路，隨著行進的車身搖晃十分多鐘後，就會抵達我老家所在的城鎮。一到假日便充滿以車代步的人們，儘管是在這種鄉下的電車上，平日傍晚也能遇到兩、三張認識的面孔。從我二十七歲的冬天，一次偶然於平日傍晚返鄉時注意到這件事以來，我就總是期待著與他們不期而遇。

暑意持續的八月下旬，一下JR奔上地方鐵路的車廂，隔著中央走道的右前方，正好就坐了一個被我私下叫做「豬玀一號」的男同

註1 新幹線中站站皆停的車。

註2 日本的鐵道用語，意指新幹線以外的舊日本國有鐵道／JR鐵道和各個民營鐵路的路線。

學。自二十七歲那年以來，這是我們第二次在這輛電車中巧遇。我裝作顧慮兩側乘客的樣子，將壓印了商標的波士頓包放到地板上，一副無所謂的模樣。男同學注意到我，立刻對著縫在我T恤胸口的品牌金屬牌與腳邊的波士頓包來回打量，那眼神簡直要在上面開出洞來。我以側臉承受那道視線，拚命壓抑住想竊笑的衝動，目光始終停佇在翻開的文庫本（註3）上。

電車行駛到站。我將車票塞進駕駛座後方設置的集票箱並走下電車。原本配有站務員的剪票口早在十幾年前廢止。踏上沒有屋頂且四處龜裂的月臺，便能見到鐵軌兩側的雜草，因為無人修整而生長到成人的腰際，受到地面蒸騰而上的熱氣與黏人的風的雙重吹拂，雜草隨之搖曳。大海的氣息從一公里遠的地方捎至此處。這座小鎮上幾乎沒

註3 日本對於特定的袖珍口袋書之稱呼，為A6尺寸左右的小型平裝書。

有高於兩層樓的建築物。蕭條的魚市裡疊放的漁獲箱子的氣味，以及潮水中夾雜的鐵鏽味，在鑽過雨幕般密密麻麻的蟬鳴後黏糊糊地發酵，化為一股遠比市場上聞到，更加令人窒息的惡臭。

男同學始終臉色僵硬，沒有看向我便走下電車，我走在晚他幾步的後方。對方同樣身穿便服，從事的大概是需要在職場換上工作服的工作吧，過大的T恤衣領處已然拉長變形，腳上那雙運動鞋被穿得破破爛爛，鞋跟的外緣嚴重磨損，即使盡全力用善意來看待也毫無性感可言。我的嘴角克制不住地上揚。

到了這個年紀，總算能在這個鄉下地方笑出來了。

我羨慕那些可以發自內心高興地談論十幾歲回憶的人的時期已經結束。正因為沒有能夠笑著講述的過去，我才得以離開這個鄉下小鎮。

無論在托兒所或者學校，我總是被叫「人妖」、「娘娘腔」。為什麼大家非要這樣叫我不可？自從小四暑假在社團的對外比賽上，被隔壁鎮學校的六年級生攫獲目光以後，我的那種想法便轉為「不管被說了什麼都不能承認。奇怪的不是那些人，而是我」。這個連自己都未曾察覺到的祕密，早在許久以前就被那些人嗅出來了。

上中學後，那些人霸凌我的花樣越來越多。早上本該擺在鞋櫃裡的室內鞋老是會被扔進垃圾桶裡，就像是要故意做給我看似的。就算難得看到鞋子待在原位，但凡往鞋子裡一看，就會發現裡面被人用雙面膠黏了一排排的圖釘。去到教室後，找不到課桌椅才是常態。老師貼在美術室裡的學生畫作約有十來張，其中唯獨我的作品被亂塗成面目全非的樣子。

我從沒想過要向老師求助。期末時，美術老師撤下畫作發還給學生，那幅被畫滿塗鴉的畫也被比照辦理，而那個人只是困擾地笑一笑，將畫還給我時什麼也沒表示。

有次下課我站起來打算去洗手間。靠近教室門邊的位置坐了三個女生面對面一起看漫畫，我的眼角餘光瞄到了漫畫的內容，主角喜歡上異性的雀躍心情被描繪成各式各樣的花朵，小學四年級時候的記憶頓時復甦——我無法對學校的任何人產生當時的那種心情。但是，倘若我不小心動了心，在尚未告訴任何人以前就被察覺到的話，在我身邊綻放出的肯定不會是花香，而是肉類腐敗的臭氣吧。

我還什麼都沒坦白，就已不被當作人來看待。萬一被知道以後，說不定就連做為一介生物存在的資格都會被剝奪。

中學二年級暑假的最後一天，只要把教科書和作業放進書包裡就能準備好迎接隔天的到來，我卻怎麼也做不到。陡然間，我冒出一個想法：已經可以了吧。我可以趁現在主動選擇去死，我想憑藉自己的意志，結束這一切。

颱風快來的時候，我去過海邊。最終海浪撞上防波堤，我只得到從頭澆灌而下的破碎浪花。放學走鐵軌回家成了我每天的慣例，然而每回電車鳴笛駛近，我就忍不住躲向軌道兩側。每天夜裡，我都嘗試將刀子抵在手腕上，明知道不縱切出深深的傷口就沒有意義，可我就是怎麼也下不了手。流出的淚水是血絲滲出的好幾倍，窗外總在這種時候迎來天明。我祈求著可以去到下一世，但最先背叛這個願望的卻是自己。

和我對於自己的絕望相比，我對周遭所感受到的絕望其實不過爾爾。等到換季的時候，我已能將學校裡的一切遭遇看作毛玻璃的另一側所發生的事。上課時，我曉得老師說了些什麼，但是無法理解他正在說什麼。體內的所有力氣流失殆盡，只要如此老實待著便行。當其他人開始準備回家，自己也準備回家就可以了。一旦可以渾然不覺地度過一整天，就不會把精力浪費在無關緊要的事情上面。為了可以確實地死去，好好儲存精力吧。我考慮的只剩下這件事。

接下來的半年真的很輕鬆，直到母親因為癌症逝世為止。

母親在這八年間，反覆不停地住院、出院，那已成為了再自然不過的日常。而我不知是出於無知，抑或不願去承認，所以才從來沒想過即使是理所當然的事，也必然有結束的一天。起初看病的醫院只須父親開車半小時便可抵達，後來轉到了車程將近兩小時的大醫院。過去不曾見過的那些插在她鼻子裡的透明管子，或者吊在床邊厚厚一包的塑膠尿袋，如今隨著探病的次數逐漸增加，這一切我都看在眼裡，可唯獨「母親會死」這件事，直到她的遺體被送回家裡以前，我都視而不見。

母親於平日深夜裡與世長辭，我沒能見到她的最後一面。那時住附近的叔叔、阿姨們聚到一起，迎接我的父母回來。母親躺臥在房內的榻榻米上，父親坐在枕邊，眾人圍著他們淚流滿面。不知是誰想要誦經，一打開讀經桌的抽屜，才發現裡面有封母親寫的信。大概是在住院前留下來的吧。

「發生這種事教人好不甘心，好難過。對不起。真的很抱歉。謝謝。浩輔就拜託你了。」

其中一位阿姨頓時嚎啕大哭起來。父親也用雙手捂住臉，發出嗚咽的哭聲。那是我頭一次看到父親哭的樣子。小學時出現過好幾次的對話在腦子裡不停地打轉，我連要擦乾鼻水與眼淚都忘了。

「在我們小浩長大娶老婆以前，媽媽都要健健康康地活著才可以呢。」

「嗯，我以後要當醫生喔。我要治好媽媽的病，讓妳活得長長久久的。」

「真的呀？媽媽好高興唷。」

當時我是真心地那麼想，想著要治好媽媽。結果到頭來，我絲毫沒有察覺母親即將離開人世，甚至她已對此有所覺悟。我在這一年裡，什麼也沒看見。除了自己的事以外，沒有一件事被我看在眼裡。

請完一週的喪假後我回到了學校。室內鞋沒被弄髒，課桌椅也還在原本的地方。難道是班導向同學轉達了我家的情形，所以那些傢伙們多少也收斂了點嗎？我既沒有鬆口氣的感覺，亦沒有開心的情緒湧上心頭，只覺得那面毛玻璃變得越發厚重。

班會時間，班上每個同學收到了一本以奠儀回禮的名義發下的筆記本，我想應該是父親請班導做的。就在全部人都拿到筆記本的時候，那個在小學第一個叫我「娘娘腔」的傢伙，開口和隔壁的男同學譏笑著說道：

「這是怎樣，怎麼不是給點心？蠢斃了。」

「只不過死了一個老太婆就這麼小題大作，對吧。」

那兩人繼續說，但我已經聽不下去了。太陽穴附近傳來像是飛機飛過的金屬音。肚子裡有某種東西在沸騰，擴散到四肢百骸，身體的每一處都快要炸裂開來。我死命壓下想大吼大叫的衝動，差點沒把臼齒咬碎掉。即使如此，我也沒能踹飛桌子撲過去。這些傢伙明明在嘲笑我的母親，我卻連衝過去揍他們一頓都做不到！

緊緊攥在桌子上的拳頭已變得蒼白。媽，對不起。真的很抱歉。抱歉讓妳有我這種沒出息的兒子。要力氣或勇氣我都沒有，實在很對不起。做為交換，我不會再想著要去死了。誰要因為這些傢伙去死，就算是開玩笑我也絕對不要！儘管已經無法治好妳的病，可是十年以後，二十年以後，我一定會在這些傢伙們不知道的世界裡好好地活下去！

第一堂課開始上課。這半年來的狀態彷彿不曾發生過一般，我能夠消化老師所說的內容了。我可不能和那些傢伙上同一間高中，不能和這些傢伙活在同個空間裡。我沒有任何理由需要因為這些豬一樣的傢伙們提心吊膽地活下去。想到這些的瞬間，集中精神變得易如反掌。

我思忖著，這麼簡單的事，為什麼以前沒有發現？既然想要重生，就非死一次不可。母親逝世後，「想要死掉」的我的某個部分也跟著死了。從那以後，學校發生的一切開始變得微不足道。區區的豬玀們做了些什麼，豈會擾亂我的心情。況且，凡事不都是互相的嗎？哪怕是豬也會有自己的好惡吧。這只不過是我與豬玀們的行事方式、表現厭惡的方式不同罷了——我竟然到現在才理解這麼簡單的道理。

極少數的情況下，他們會躲在校舍的陰暗角落裡揍我。只有這種時候，我會去向老師報告。面對只會驚慌失措的老師，我在內心裡發牢騷。

「想當養豬人的是你吧，這也算在你薪水分內的工作不是嗎？」

高中我選了本地升學率最好的學校就讀，再也不用見到那些傢伙們了。基於「鄉下沒有學法文的人能從事的工作」的理由，大學我選擇進入法文系，去到東京讀書。就讀大學四年的期間，一想到東京其實和鄉下一個樣，就覺得將來還是去法國算了。反正只要不是在「這裡」，去到哪裡都好。

開始工作後的第五個冬天，我回老家搭乘地方鐵路的時候，偶然遇到了以前母親過世時譏笑的兩隻豬玀的其中一隻。頃刻間，我僵立在原地，不過搶先別開視線的卻是對方。當時我穿在身上的皮革大衣、牛仔褲、拿在手上的波士頓包，放到現在早就退了流行，但我還未扔掉它們。我想把保存了當時感受的物品全部留下來。直到下電車以前，豬玀一號始終在相隔一段距離的座位上，用他略顯骯髒的羽絨外套遮掩自己那個老舊的提包，期間時不時往我這裡偷瞄。我在那時候第一次意識到，十四歲時許下的願望成真了。從那次之後，服裝便成為我的盔甲。

今天，這個與我二度重逢的豬玀一號剛從三十多年來未經整修的車站走出去，踏上T字路口後拔腿就朝與我家相反的方向快步離開。

站前的主要幹道勉強能容納兩輛車交錯，路上鮮有人影。我彎過好幾條小巷子，抵達家門時，父親已結束工作回到家中。正在看電視的父親轉過頭來。

「喔，回來啦。」

「我回來了。你今天回來得很早耶。」

「嗯，對了，大概三天前吧，你中學的同學寄來同學會的邀請明信片喔。」

「那我先收著，等回東京再回信。」

「喔。」

以前有一次，我從父親手上接過同學會的明信片，看都不看一眼上面的字，便逕自扔到垃圾桶裡。當時父親對著我大呼小叫：不准這麼怠慢朋友！

我沒告訴父親被霸凌的事，往後也沒有說出來的打算。

父親一直生活在這塊土地上，在這裡擁有工作與朋友，晚飯小酌時總要嚷嚷「這裡是個好地方」、「搞不懂去東京生活的傢伙在想什麼」，讓他得知自己的孩子曾在「好地方」被欺負過就太殘酷了。父親三十二歲時面臨母親病倒，四十歲時經歷死別，沒有必要再讓他承受更多的重擔。對我而言，正因為沒和父親住在一起，所以才能好好相處。

自那次惹父親發怒以來，我便改將這類信件帶回東京用碎紙機銷毀。當然，我一次也沒回過信。

「我先到媽的佛壇上香，等等就去準備晚飯。」

「喔。」

洗完手後我坐到佛壇前。只要打開讀經桌，總能發現每次回來，那封信擺的位置都有些微不同。父親多半將信反覆地讀了又讀吧。

我點亮蠟燭，將線香前緣送入火燭點燃，而後立於香爐之中。雙掌合十之際，我在腦袋裡與母親說話，以此代替早已忘得一乾二淨的經文。我所說的總是同一套內容。

工作還算順利。朋友也交到了幾個。當年在教室裡發的誓如今實現了——

接著最後，我會喃喃道出口。

「對不起。對不起——」

事到如今，我完全不認為身為男同性戀是件壞事。不管被誰說了什麼，我都會冷笑著擊垮他。然而，在母親面前，我總是反覆說出「對不起」。

母親說過要努力活到我結婚的時候。我回答自己想治好她的病，偷偷地以此迴避話題。

在母親死後，我只做出活下去的選擇。為了結婚或者生孩子那種辦不到的事而煩惱未免太過愚蠢，我一直是這麼想的。除此之外，難道我還能做些什麼嗎。

我沒有組成家庭。

母親曾對我有過期望，父親恐怕到現在也還抱有期待，而我違逆了這一切。

2

「大都會要比大森林更易於藏身。」

高中一年級讀到三島由紀夫的《悲沉瀑布》中的一句話，在我剛赴東京的一段時間裡，成了我最好的友人。那句話出乎意料地真實。我猶如在聞了只知其名的香水的剎那，便受到擄獲的人那般，貪婪地一再吟味那段文字。來到東京後過去一年，就在我已熟悉那段話，將之納為己有之際，我已不再藏身，而是開始走上揭露自身的道路。

走訪酒吧，光顧俱樂部；要隱身抑或揭露，但凡能選擇場所便能憑自身意志握有決定。「東京那種地方才不是給人住的」，對於父親所說的這句話，我一次也沒點過頭。

交到同為男同志的朋友時，我頭一次從唾棄喜歡的事物、垂涎於非我所好事物的演技中得到解放，體內炙熱不已，我卻始終感到雞皮疙瘩。異性戀的男性友人與女性友人們，對於我同性戀的身分，欣然接受得就好比只是在接納衣著品味不同的朋友那般，當他們馬上來找我討論下個週五的夜遊安排時，我的雙膝顫抖得幾乎站不穩。從前別說是夢想擁有這些際遇，我甚至連奢望本身都放棄了，可正是東京讓我得到了這些。大學畢業後，我進入出版社工作，純粹只是因為待遇還不錯，且無須轉調的緣故。

來到東京以後，我的戰鬥力無疑有了提升。與那種令人發麻的高漲情緒相比，戀愛所帶來的感覺簡直不值一提。

十九歲時，我第一次和男人睡了。唯有那一次，我待在完事後陷入酣睡的另一名男人身旁，眼眶噙著淚水。然而我與那名男人的交往僅持續三個月便告終，接下來的第二、三段戀情同樣不長久，至多只維持了兩年多的時間。面對總有一天會結束的關係，我實在沒有辦法賭上自己的一切，當自己察覺到這個想法時已經過了二十五歲，戀愛的意義從「缺的話就每天尋覓」轉變為「唯有值得狩獵的獵物出現才提得起興致」，然後漸漸地，就連激起興致的時候，幾乎也只是透過幾次的性愛將彼此吃乾抹淨，在談及戀愛前便會結束往來。

被人搭訕、由我主動攀談，兩個月過後就連彼此曾交談過都快忘得差不多的這種關係，我從不覺得寂寞。自由伴隨著孤獨乃是理所當然。我開始和那種斷定孤獨是「刺痛」，從而高談闊論「不談戀愛是寂寞的證據」的人委婉地保持距離。缺乏戀愛的才能，對我而言不是什麼大問題。我該迎戰的對象，自始至終、永遠都在故鄉；且無論是否具備戰鬥的才能，唯獨在這件事上我必須堅持下去。

連續通宵熬夜以從事雜誌編輯的工作而言不算罕見，在我以此做為藉口的期間，年過三十歲的身材開始加速鬆弛。每回欣賞由海迪・斯里曼擔任創意總監的迪奧時裝秀，那些俊逸瀟灑的設計總教人心癢難耐，然而去到店裡試穿它們的夾克時，明明試衣間內的鏡子會讓人看起來比實際還瘦上一成才對，可就是站到那塊鏡子面前，不知為何，自己呈現出的倒影也只有笨重可言。安・迪穆拉米斯特（註4）的夾克與針織衫看起來最美的時刻，在於隨著穿衣人的一舉一動能襯托出他們的身材曲線，而同樣的時刻，根據不同的人穿上只會淪為笑柄——例如我。

儘管我將這些當成笑料拿來在友人們面前分享，但是這種做法也快達到極限了。返鄉一趟後回到東京不久，九月初的原宿，暑氣依舊

註4 比利時著名設計師。

逼人得生厭，當我和同年紀的男同志友人喝茶聊天時，對方苦笑著對我說：

「你也一樣呢……大概五年前吧，你的腰圍不是還和我差不多的嗎？」

那位友人的身上，沒有任何一處贅肉。

「就是說呀。就算要拿來當哏恐怕也撐不了多久了吧。」

「再這樣下去的話，搞不好會被你討厭的那些人逮到借題發揮的機會唷。」

「那也太討厭了。我才不想因為身材就讓一群蠢貨們沾沾自喜啦。果然還是要去健身房比較好嗎？」

「去健身房還不如請私人教練比較好唷。塑身也比較有效率。」

「那要請健身房的教練來教嗎？」

「也是可以那樣，不過我覺得請愛健身的男同志來試試看不失為一個辦法。要鍛鍊哪裡、怎麼鍛鍊看起來才性感，還是我們同志最懂了呀。總不可能對那些常駐在健身房的教練劈頭就問：『你是直的還是彎的？』所以不覺得在外面找才好嗎？再說，親自和這種孩子交涉的話，也能拿到比較優惠的價格嘛。」

「這樣啊。不過，要上哪去找才好呢？」

三天之後，那位友人來了聯絡。

「聽我朋友說他有個認識的人在找工作，雖然我不認識對方，不過你要見他嗎？」被他介紹給我的人，就是中村龍太。

為了討論聘僱條件，我們約了第一次的見面，現身的龍太小我八歲，一對內雙的眼眸底下延伸出的細長鼻梁令人印象深刻，是個頗為俊美的人。那具從高中時期便持續鍛鍊的身體，有著隆起的肩膀與胸膛，相形之下，腰部則緊實得驚人。英雄戰隊的長相，搭上摔角健將的體格——用我們這邊的世界的話來形容，就是「貨真價實的高昂物件」。不過，來到約好見面的原宿咖啡廳後，龍太那種堅持著過分鄭重的措辭，並使勁低頭行禮的不協調感，比什麼都要吸引我。

「我還有另一份工作，由於時間有點不固定，如果私人教練的工作能安排在我有空的時間，每週大約兩次的話，我會很感謝的。」

大抵而言，相貌與肉體皆俊美的男同志，深知這些在其他男同志眼中會是強而有力的武器；再加上年輕，或者說，不諳世事，那類人在面對眼前的男同志時通常難以掩飾他的高傲。那種高傲的態度多數是沒有自覺的，因而更令我感到煩躁。

但龍太卻與我至今為止遇到的那類男人截然不同。髮型看上去不怎麼過於講究的樣子，身上穿的舊T恤與牛仔褲也像是隨處可見的便宜貨，樸素得近乎冷酷。

修過的眉毛還算整齊，勉強能看出他並不是毫不在意自己的儀表，可不知是沒有更多時間去打理，又或者原先他就沒有這方面的打算，無論原因為何，那種樸素都讓我萌生好感。那與我打從十四歲起便只顧著逼迫自己的迫切感相比，有著天壤之別。

再加上，最不可思議的是，龍太自稱「才剛滿二十四歲」，恭謹的措辭卻始終如一。也許他共事的對象全是些要求嚴格的年長者嗎？或者他從事的雖然不是需要注重人際關係的工作，但平時便習慣嚴以律己，恐怕是這兩者中的其中一種情況吧。

「這樣的話，之後我們就用簡訊討論彼此有空的時間，再決定上課日期吧。一次兩小時，算三千日圓如何？」

「這樣很好。那就麻煩您了。」

龍太立刻答道，坐在位置上猛然低下頭來行了一禮。動作的瞬間，他的額頭撞倒了玻璃杯，轉眼間冰紅茶便灑得整張桌面都是。他還躬著高大的身軀，驚慌無措的滑稽模樣甚是可愛，我邊笑邊拿來整疊餐巾紙，放到龍太面前。那隻寬大的手在桌子上來回擦拭，指甲修得很短。倘若在這指甲上落下一吻，不曉得在那之後，這隻手會做出什麼樣的舉動？想法從腦海中驀地閃過，我的臉頰頓時發熱。

然而，那種不像話的幻想，在結帳時被徹底地打斷了。

「我會付我自己的部分。」龍太信心滿滿地一手伸進牛仔褲口袋，下一秒，沒抓好的零錢從他手中滑到了地板上。此時龍太的狼狽可不是翻倒冰紅茶時能比擬的，他像要撲過去般跪到地上，緊接著額頭狠狠地撞到了收銀臺的一角。龍太吃疼地縮著肩膀蹲到地上發抖，見到那副身影，無論店員還是旁邊喝茶的客人們全在努力憋笑。咖啡廳內頓時充斥了抖動肩膀的人們。我也因為忍俊不禁，不小心發出一抽一抽的笑聲。我代替還蹲縮在地上的龍太拾起零錢，此時對於他的好感，已遠遠超過了先前冒出不像話的想像的那個時候。

五天之後，第一次健身的日子，機會意外地造訪。

「我現在呀，全身上下都已經鬆垮垮了啦。」

我做出預告，隨後到健身房的更衣室裡換上T恤與及膝的運動褲，龍太見狀便說：

「沒有這回事喔。我覺得現在的齊藤先生同樣充滿了魅力。」

被一個不管從哪個角度來看都比自己貌美的同性，用再老套不過的說詞誇獎外表，真的有人會坦率地感到開心嗎？和龍太第二次見面後，這是我頭一次被一種不舒坦的感覺與輕微的焦躁感包圍。確認過更衣室裡只有我們之後，我回話的口氣明顯帶著刺。

「那種恭維的話就免了吧。還是說，中村先生，你有特殊的癖好？」

龍太只是一臉打從心底感到不可思議的樣子注視著我。此刻的他看起來實在不像是那個僅僅因為打翻冰紅茶、把零錢掉到地板上就慌張得險些跳腳的人。他的這種反應出乎我的意料，我回看他的臉，一時語塞。

片刻過後，龍太表情不變，答道：「我是不恭維主義的人。」

聞言我被激起一股惡作劇心理。

「哼，這樣你還說得出同一句話來嗎？」

我輕輕地揚起嘴角哂笑，將自己的嘴脣湊近龍太的。假如他在說謊，這麼一來就能揭下他的假面。等到龍太慌忙別過臉去，我就要指謫他的傲慢，之後會怎麼樣我可不管；假如他沒有說謊，假如沒有說謊的話……

在我還未好好考慮過另一種可能性時，我們的臉已然貼近得無法聚焦。龍太那對睜得渾圓的雙眼分裂成倍數，感覺從每一隻眼中紛紛浮現出笑意，而後閉了起來。緊接著，我的雙脣便被溫熱的觸感所包覆。某樣東西起舞似地撬開了我的嘴脣。始終張著眼睛的我眼前變得一片空白。

將臉退開的人是龍太。他望著我呆滯的臉笑著說：「明明是你先的，怎麼露出那種表情。」

「不，可是……」

「總之，我沒有說謊喔。齊藤先生的臉很帥。」

從更衣室入口傳來腳步聲。龍太拉開一段距離。

「那麼就從今天開始健身。我們一起加油吧。」

他催促著我，然後，用只有我聽得見的音量，極小聲地說：「晚點，我還有工作，所以這次只健身，不過下次，來約一個我們都能空出五小時的時段吧。健身只占兩個小時。」

他如此表示。

雖然沒有說謊，但根本就是愛好特殊的變態吧。我本來想這樣回他的，然而故障的不知是我的聲帶，還是腦袋，我的額頭已像是剛運動完那般，布滿了涔涔的汗珠。

下一次健身約在一個星期之後。儘管龍太對我說過「除了和我一起上健身房外也要養成自己去的習慣」、「沒空去健身房的時候，我都會在前一站提前下車，增加走路的時間」，可是被工作追著跑的生活完全沒有多餘的心力這麼做。取而代之的是，我越來越常在搭電車時為了要預約哪間飯店、要在那間飯店裡如何度過時光而煩惱，想著想著不小心便坐過了頭，只好急急忙忙奔上樓梯趕到對向月臺去。

一個星期後，等中午的健身課程結束之後，我先讓龍太坐上計程車，再搭到六本木的君悅酒店。下了計程車的龍太簡直呆若木雞。

「齊藤先生，我最晚只能待到六點左右……」

「嗯，我曉得。我會住一晚，明天直接從這裡去公司。為了這個，我今天還特地跟健身房借衣服和鞋子呢。」

我走進房內脫下夾克，將之隨手扔到沙發上。打從進到飯店起，龍太就突然不太說話了。總覺得他有些無法釋懷的樣子，身上只剩T恤配牛仔褲的我揣測不出他真正的想法，遂站到他面前，故作打趣地說道：

「事到如今，你不會想說『早知道就別說那種謊了』嗎？」

龍太露出一副自尊心受到傷害的表情，悶悶地沉下聲音說：

「你再繼續這麼說的話，我真的會生氣喔。」

他說完，緊緊地摟住了我的肩膀。

我們兩個都在健身房沐浴過了。一面交換親吻一面替彼此脫下的外衣，落到地毯上疊作一堆。而我們就這樣，相互糾纏著倒在了床上……

「我們一起洗澡嘛。」龍太說。

「身體動不了了。我還是第一次健身完做這種事。你先洗吧。」我說。

龍太於是赤身裸體地朝浴室走去。那對隆起的肩胛骨彷彿要將厚實的肌肉衝破；腰部的曲線隨著往下逐漸收緊，顯現出一種密度節節攀升的視覺效果；小巧而翹挺的屁股，以日本人而言實為少見。我看得痴迷，然而……聽著門扉另一邊的水聲，我心不在焉地反覆玩味著以前友人曾說過的話。

「帥哥的做愛技巧未必好喔。因為隨時都能得手獵物，所以很多時候沒考慮過要去理解對方身體。面對習以為常的事情，通常很難再投入熱忱不是嗎？所以呀，最後，就會變得像個小孩子一樣，只知道千篇一律的做愛模式了。」

或許那確實也有一點兒道理，可是，讓我困惑的並非龍太做愛時沒有熱情，而是他的表現實在太過「普通」。

即使是龍太那具渾身美麗的身體，在我的心目中也會被排名。寬大的手掌、有別於光滑的肌膚和肌肉、骨節分明的手指、汗水，我渴望將龍太那幾乎沒什麼味道的汗水在我體內燜熬出濃烈的香氣，於是在抱與被抱的一個小時裡，我始終狂吸猛嗅著他的身體。

龍太的視線，與沿著我身體磨蹭的那張嘴脣，從未執著過任何一處，並且，平等地對待每一個地方。龍太對於曾經說過喜歡的我的長相，以及目前似乎還沒有好感的我的身體，所傾注的熱情是一致的，這種事有可能嗎？

從一百個人、一千個人、一萬個人的臉當中，單獨截取出輪廓、眉、眼、鼻、口，分別製成相當於平均值的部件，然後再用這些部件來組建成的長相，豈止是「平均值」，只能說是「詭異」而已——那種違和感宛若陰溼的毛毯纏身般揮之不去。一個星期前的健身房裡，龍太那種主動迎合我嘴脣的老練模樣，與他在床上實在過於普通的不自然表現，讓我無論如何也無法聯想在一起。

浴室的門打開了。龍太邊擦頭髮邊走出來，一見到他開懷的笑容，我開始覺得自己的疑慮只是單純在胡思亂想罷了。沒辦法透過龍太的性愛得出太多情報，問題或許出在我的能力也說不定。

龍太從我們脫下來疊在地上的衣服堆中，抽出自己的貼身平口褲，一面穿上的同時，一面伸手拿起我的衣服。

「我先把齊藤先生你的衣服放到沙發上喔……哇，這是DG（註5）的。」

龍太拿起T恤的手頓住了。

「牛仔褲該不會也是？」

「嗯。」

「沙發上的那件夾克呢？」

「那是GUCCI的。」

「那個……不曉得能不能問這種問題，不過齊藤先生你有在存錢

註5 Dolce&Gabbana，義大利知名時裝品牌。

嗎？」

說實話，不可能一點兒存款都沒有，但是這種時候回答「沒有」絕對比較好玩，所以我半自嘲地笑著說：「借錢是沒有，但是存款同樣沒有到了通體舒暢的程度呢。不如說，我不懂什麼是存錢。」

這種時候龍太只要跟著一笑置之，話題應該就打住了才對。然而，龍太第一次對著我大呼小叫。

「這樣不行啦。你要多做打算。」

直到我們做愛的前一刻都還維持的那種恭謹的說話方式，此時竟蕩然無存。我從床上坐起上半身，錯愕地回看向龍太。龍太很快回過神來道歉。

「對不起。」可我反倒屏住呼吸，彷彿窺見了能夠剝下幾分鐘前沾染到的那種違和感的契機。僅僅是一瞬間，感覺龍太真的一絲不掛了。要是錯過這個節骨眼，也許暫時就不再有理解這名男人的機會。

為了不被察覺到我那猛然高漲的欲望，我以平靜的聲音詢問龍太。

「不會，你一點兒也沒有必要道歉。我也完全沒有生氣。你像在考慮自己的事一樣替我著想讓我很開心。只是啊，我想問一下，我只是一名客戶不是嗎？你對於客戶的理財方式這麼認真，有什麼原因嗎？」

龍太仍然把我的T恤抓在手裡，像個雕像般一動不動。我伸手接過T恤，盤腿坐在床上穿上衣服。

「坐下來嘛。看你要坐沙發或這邊都好。」

龍太來到我旁邊，雙腿打直坐了下來。我盼望龍太再一次變得「赤裸」，遂握起拳頭輕輕敲了兩、三次他的大腿，小聲地笑了起來。

「忽然問問題讓你困擾了嗎？這麼說起來，我提過的個人情報也只有存款金額而已。」

如此說完，我便自動自發地聊起自己的事情來。工作的事、興趣的事、喜歡的衣服款式、喜歡的友人……話到一半時，龍太說：「我去調一下今天的班。」接著便走進浴室裡打電話聯絡公司。回來的龍太，這次主動接續了話題。

「可以問問你的家人嗎？」

「當然，我父親在老家生活。我從大學開始來東京，已經離家生活十五年以上了呢。父親現在有了戀人，似乎和對方相處得不錯的樣子。我也見過對方好幾次，是個非常好的人。」

感覺到龍太抬起頭注視著我側臉的視線，我停了下來。一段時間後，龍太問：「你的母親呢？」

「在我快滿十五歲之前，過世了。她與病痛為伍長達八年。雖然是個滴酒不沾的人，但不知是遺傳嗎，她的肝臟不好，最後得了癌症。」

我邊說，邊尋找反問回去的時機。一直沉默地聽我說話的龍太，為何只問了我的家人，尤其還是母親的事？要想找出答案的話，就只能趁現在。

讓話題結束到一個段落後，我轉向龍太面對他。

「中村先生，你的父母還健在嗎？」

我們望著彼此，經過長時間的沉默以後，龍太低下頭喃喃說道：

「我沒有老爸，因為父母離婚……也不曉得他現在人在哪裡。老媽她，在我十五歲的時候，和老爸離婚後生了病……」

嚥下的唾液猶如烈酒，發燙似地從喉嚨燒灼到胸口。「媽媽的病就由我來治好」，小學時如此說過的自己在腦海中甦醒。我握上龍太的手。龍太再一次回看向我。

「所以你才會在工作的空檔裡，安排另一份工作啊。」

「嗯……」

「高中畢業後，就一直是這樣生活的嗎？」

「一直到高三中途，都還能靠賣掉家裡房子的錢想辦法撐過去……

可是，還差兩個月就能畢業的時候，家裡實在沒有錢了，於是我退學開始工作。早知道有辦醫療保險就好了，不過老媽身體還健康的時候，好像覺得定時繳交保費很浪費……我自己也想做些有助於未來的事，所以有為了以後讀柔道整復（註6）學校在存錢。只是存款還遠遠不夠就是了。所以，我很羨慕齊藤先生你，可以買喜歡的衣服……」

「還只為了休息就訂了這種飯店？」

「嗯……真的非常抱歉。」

「所以說，你完全沒有道歉的必要呀。那麼我也要說。我也覺得中村先生……不，我很羨慕龍太先生你。我也曾經想過要設法治好我母親的病。不過，如果現在我母親還活著，而父親不在的話，我想我也會和你做出同樣的選擇喔。我肯定也會這麼做。」

註6 柔道整復術是日本古代的獨特的傳統醫學，以日本自古以來的武術柔術為源頭，融合東洋醫學和西洋醫學。

龍太用力回握住我的手。那股力道遠比先前做愛時還疼得令我舒心，我合上雙眼，繼續說下去。

「謝謝你願意告訴我這麼重要的事。」

我的手被鬆開了，龍太緊緊地抱住我。

「謝謝你……謝謝。」

他如此反覆地呢喃。我用手掌輕拍了拍他的背，一面回應他。

「不用再叫我齊藤先生，叫我浩輔就好。我也不會再叫你中村或龍太先生，而是叫你龍太。」

龍太的下巴靠到我的肩膀上，點了點頭。我的全身上下緩緩地升起一股暖意，大概不只是因為龍太體溫高的緣故吧。

我的手機響了。是友人打來的。龍太聽見後也像是想起什麼的樣子打開自己的手機。我掛掉電話查看顯示在液晶螢幕上的時間，現在是晚上七點多一點兒。我問龍太。

「剛才你說有調班，沒問題嗎？」

「嗯，我差不多要走了喔。」

「加油喔。應該說——我們一起加油吧。」

龍太一副泫然欲泣的表情笑了。

在飯店門口目送龍太離開之後，我沒有心情直接回房，而是進了茶室。我茫然地盯著被送上桌的咖啡冒出的熱氣。儘管還沒和龍太告白，可也已經等同於說出口了。但是，我究竟是喜歡上了龍太的哪裡呢？

彼此受到對方的臉和身體所吸引，睡過以後，想著自己果然喜歡對方，進而繼續深交下去的經驗，我有過好幾次；而彼此冒出「不該是這樣才對」的念頭，或者只有其中一方這麼想，為此談不攏下一次的約會便忘記對方的臉，這種經驗的次數更甚於前者；事先預期過不會談及戀愛，卻還是和對方睡的次數則遠在這些時候之上。那麼，龍太又是如何呢？

龍太是擁有我讀到一半便被奪走的故事後續的男人。二十年前母親去世時，讓我咬牙想著「既然被奪走了，那也無可奈何」而放棄的那個故事的延續。龍太擁有的那個故事不可能是屬於我的東西，這點程度我起碼還曉得。只不過，倘若能參與到龍太的故事當中，或許我便能替自己編織出新的故事。

僅僅因為這樣，我便下定決心要利用這個認識才不到兩週的陌生人。再怎麼卑鄙也該有個限度，可是，我已經停不下來了。

身體的契合度如何根本無所謂。我絕對不會放開那個男人。咖啡早已涼透，我將之一飲而盡。

3

龍太說：「塑身以三個月為目標。」正如他所言，每個月我的皮帶都往內扣了一格，三個月後便達到了理想的腰圍。我信任龍太的說法，對於龍太而言應該也是件值得高興的事才對，可是自從兩個月過去以後，我原以為和龍太之間已經順利縮短的距離，卻出現了反彈。即使明白責怪龍太也無濟於事，我還是陷入難以忍受的痛苦而不能自拔。三個月前，我被龍太緊緊抱住，反覆呢喃著「謝謝」。然而，人心就好比人的身體，經過三個月的時間也會有所改變，對此我在迄今為止的戀愛中早有了充分過頭的體悟。

龍太會在健身房認真指導我健身，但是，除此以外的時間裡，他總悄悄地散發出一股焦躁感。舉凡健身後用餐時、待在他告訴我的愛情旅館裡漫無邊際地談天時，抑或在我表現出一副突然想起什麼的樣子，去到百貨公司地下街的食品賣場，買些秋刀魚和鮭魚等等不怎麼昂貴的魚，並把東西交給龍太，告訴他「這個幫我帶給伯母」的時候，他那張臉上便會慢慢蒙上陰影，而漸漸的，那種神色變得難以掩飾。那不像是厭倦了眼前的人的表情，而是在忍受著某種痛苦的事、想對著什麼哭泣發怒，卻又拚命隱忍似的。

基於我卑劣的企圖所採取的這一連串行動，到頭來，在龍太的眼中看來只覺得是在同情他嗎？我只不過是在傷害龍太的自尊嗎？

在我誇下海口說出「我們一起加油」的同時，我其實不曉得該怎麼對待他才好。感覺我們要對彼此互訴的「喜歡」，在傳達給對方以前已昭然若揭，可是我不知道應該用什麼樣的話語和態度來拉近和他的距離。母親還在世時，我從未考慮過要向誰求助。興許是因為這個緣故，我才會不懂渴求幫助的人究竟需要什麼。我不知道龍太希望我怎麼幫他。不對，他原先真的有想要我幫助他嗎？就連這點我也搞不清楚了。因為這樣，我才無法更進一步打破現狀。

與龍太相遇三個月、一天健完身之後，我們在歌舞伎町的愛情旅館裡，結束了如往常般仔細而平等、可又比往常平淡更甚的做愛。等到沖完了澡，那個時刻終於到來。不曉得前一晚的龍太是否沒怎麼睡好，在他的雙眼下方掛著黑眼圈，明明還剩下半小時卻已穿上T恤和牛仔褲，坐到了沙發上。

「過了三個月，你的身材也變得相當不錯了耶。」

龍太說著，卻連一眼也沒分予我的身體，只是盯著自己握成拳頭胡亂搓弄的手。我可以猜到他接下來要說的話。不過，在龍太將那句話說出口以前，我必須先理出自己應該回應的話語才行。停頓片刻的沉默，漫長得教人難以忍受。

雙手搓揉的動作停下了，龍太依舊低垂著眼，說：

「浩輔先生，我想把這次的健身指導，當作最後一次。」

我從床上爬起來盤腿而坐，身上還只穿了件貼身平口褲，面對未抬起頭的龍太，拋出了自己準備好的疑問。

「見面也是今天最後一次，是這個意思？」

龍太低著頭緘默不語。我又問了一遍。

「你已經不想再見到我了，是這樣嗎？」

他隱忍住微微發顫的嘴角說：

「……嗯。已經不想再見面了。」

「……嗯，我明白了。至今為止謝謝你。不過，最後希望你能告訴我一件事……我對伯母所做的那些事也讓你很困擾嗎？」

「沒有！」

龍太有如彈簧般抬起頭大喊。看到那雙眼中噙著淚水，我頓時不知所措。先前理應冷靜整理好的思緒亂成了狼狽不堪的模樣，滿溢的話語忘記了自持，我忍不住大聲起來。

「那又是為什麼……如果不會困擾，維持現狀不就好了嗎？討厭和我睡的話就直說啊，我不會放在心上。我也不是因為想做才跟你見面，這種事，你應該早就看出來了吧。」

龍太的視線再度垂落下去，從那對眸子裡滾落水珠。他的下嘴脣緊咬到發白，克制不住的嗚咽聲從中洩漏出來。

「龍太，我喜歡你喔。我很喜歡為了母親努力的人喔。」

龍太一面用拳頭粗魯地擦抹自己的臉，一面嘟囔著：「我也一樣喜歡浩輔先生。」我從床上起身移動到沙發，分別以左右手包覆住龍太的拳頭，問他。

「那是為什麼……」

仍然低垂著頭的龍太沒有開口回答，取而代之的是淚水撲簌簌地淌下來。那些眼淚應當代替了他想訴說的話語才對，然而我從中解讀不出任何含意，只覺得越來越焦躁。

「拜託你了，只要一句話就好，說點我也能理解的話吧。就這樣突然被迫結束的話，就算是我也無心做任何事啊。」

經過短暫的沉默，等到眼淚平靜下來之時，龍太使盡力氣擠出聲音說：「我再這樣下去，會沒辦法繼續工作……」

陡然間，龍太的臉色變了，他別過臉背對我。聽不明白意思的我再度回問他。

「工作？擔任我私人教練的工作不管你想不想繼續都……」

在我尚未把話說完以前，龍太便先甩開了我的手。

「對不起。真的很抱歉！」

甫大喊出聲，他立刻抓起一旁的仿羊毛布勞森外套（註7）站起來，把腳套進運動鞋裡，轉眼就打開門跑了出去。當我回過神來準備追上去時，才注意到自己只穿了一件平口褲。我不小心穿上裡外顛倒的T恤，因此咋了一聲，牛仔褲的鈕釦半天扣不好讓我焦慮得叫出聲來，穿上毛衣、披上大衣，就在我到玄關綁上靴子的鞋帶之際，一道極為迫切的敲門聲響了。打開門後，出現的是飯店的工作人員。大概是透過監視器或其他途徑看到龍太全力衝出飯店的樣子，擔心是否發生犯罪事件才緊急趕過來吧，對方的呼吸很急促。

「我要退房。」

我把鑰匙塞給那個人後離開飯店。雖然馬上就從手提包裡掏出手機打給龍太，可是現在，只剩下拒絕來電的語音在另一頭回應我。

註7是直接翻日文ブルゾン的譯音，指的是非運動型的短腰夾克。

我在十二月的歌舞伎町悵然若失地走向車站。菜鳥牛郎馬虎地穿著完全不合身的廉價西裝，瑟瑟發抖地攬客。酒店小姐一邊在意著那頭盤得像霜淇淋一樣的頭髮，一邊快步趕著上班。大學生還不到八點就忙著照顧在路邊酩酊爛醉的同伴。中國、韓國、泰國或者菲律賓，來自亞洲各地的語言，間或夾雜東歐口音的詞句充斥街頭。

秋風襲來，我卻悶得發慌。氣味從擦身而過的人群身上的每一處孔洞中吐出來，與之極為般配的霓虹燈色彩彰顯著低俗的嗜好，甚至令人覺得霓虹燈本身富有頑強的生命力。要是在這些人群中邊哭邊跑，肯定很引人注目吧。如果龍太在進車站前就先被警察攔下來盤查，那麼我只須在一旁等他被放走，之後想再質問他一次也行。我打著如意算盤趕往新宿車站，途中沿著好幾條路來回徘徊走過，可偏偏只有這種時候的警察們一點兒用處也沒有，什麼事都沒有發生。

回到公寓，打開房間燈以前，我先是注意到床邊的電話答錄機有留言。明明沒告訴過龍太家裡的電話號碼，可我還是忍不住在意起是否有他留給我的訊息。若是用家裡的電話打給龍太的手機，龍太應該會接吧，然而只要我發出一點兒聲音，想必就會在瞬間被掛斷電話。那麼做只是讓我變得更加悲慘而已。我打開電燈，趴倒到床上，將臉埋入枕頭裡。

龍太住的地點我隱約曉得。第一次碰面討論時，他說過自己住在京王線八王子站的前一站北野車站，從車站下車後騎腳踏車約莫十五分鐘能到的地方。可是，我不可能光憑這個線索就到車站埋伏一整天。我也還有工作要做。

工作。當這個詞浮現之際，我從床上猛地跳起來。腦袋裡的一塊塊拼圖碎片正以驚人的速度拼湊在一起。

龍太說，繼續和我見面的話就沒辦法工作。那指的並非私人教練而是另一份工作，這點我也曉得。再來，我因為龍太那句「我也一樣喜歡浩輔先生」而沾沾自喜的話……

一個十八歲的男生，為了從事高中生無法做的工作，在只剩兩個月就畢業的時間點離開了學校。他從事的那份工作，足以應付生活開銷和生病母親的醫藥費，還能存錢用作將來的打算。而那樣的工作，若是喜歡上別人就會難以進行……我想起龍太那種完美而平等，但也讓人覺得扭曲的性愛。莫非那並不是在平等對待我身體的每一個部件，而是當他還缺乏經驗的時候，便被教導做愛時必須對人一視同仁，以此律己後才養成的技巧嗎——拼圖的最後一塊，迸發出一串爆竹炸開似的聲響鑲進了圖裡。

我翻身仰面躺在床上。天花板的白色壁紙細紋被我盯得太久，失去了輪廓，不知不覺間腦袋開始昏沉沉的。輕拍了拍臉頰，用力閉上雙眼後，腦海裡浮現躺臥在醫院病床上的母親臉龐。假如我想得正確，如果說，直到我十八歲為止，母親都還活著，然後那時父親不在了的話……我能做到和龍太一樣的事嗎？我確實說過「我很羨慕龍太」。對於那句話，不曉得龍太是以什麼樣的心情在聽的？

不知什麼時候起我已忘情地啃咬著指甲。我回憶起孩提時代，以前只要專心想事情就會咬指甲，母親總會因此提醒我。許是我咬著扯掉指甲的緣故，從拇指前緣滲出了血珠。家裡沒有常備ＯＫ繃，我咂舌一聲，決定去一趟超商而從床上起身，才發覺天幕早已大亮。

那天我工作到末班電車發車之前。我沒有回家，改繞道去了新宿二丁目常光顧的酒吧。一打開店門，興許是平日深夜的關係，店裡一個客人也沒有。正合我意。正在洗東西的媽媽桑——是個男同志就是了——說著「歡迎光臨」抬起頭，隨後驚訝地瞪圓雙眼。

「討厭！小浩好久不見。我一瞬間沒認出你說。你變瘦了耶。減了幾公斤呀？」

「三個月減了差不多七公斤。我試著減掉脂肪，增加了一點肌肉看看。」

「哎呀討厭，為了夏天準備得這麼周全。」

我沒點餐，媽媽桑端出燒酎瓶和茉莉花茶放到我面前，開始調製飲品。我繼續說下去。

「還好啦。話說，我最近在想要不要來玩一下呢，但要事後能斷乾淨的對象才好，所以呀，才想來問問……哪裡有不錯的風俗店，你知道嗎？」

媽媽桑將飲品擺到我面前說：

「你的話就算不花錢，想要多少個不死纏爛打的對象都找得到吧。」

他說話的口吻不帶一絲驚訝。對於這條街上的媽媽桑而言，客人的這種詢問實在很司空見慣。

「因為我現在覺得呀，付錢就能搞定的關係還比較輕鬆。要是被問到『下次什麼時候見面好』，也可以不用再想說『該怎麼辦』……」

「你也變得好消極了噢！原本條件很好的說……這麼說的話……與其說是推薦的店，不如說是有推薦的網站吧。」

「那是什麼？」

「現在大部分的風俗店都有自己的網站，會在上面附照片介紹提供服務的男孩們唷。不過啊，大家不可能一個一個搜尋那種網站來找不是嗎？我說的那個網站，就有網羅所有風俗店的官網喔。」

「啊，類似地方情報雜誌的感覺嗎？」

「對呀對呀。你看，大家在找風俗店的時候，重點終究不是喜不喜歡那間店，而是店裡有沒有喜歡的男人對吧？比起一間一間慢慢光顧，先透過那個網站連到各種店家的官網看過，再決定不是更好嗎？況且現在啊，不像開設在二丁目的風俗店或酒吧那樣，會有男孩們排排站好讓客人挑選，這麼做的店家反而比較少呢。」

「咦？那是哪種感覺的……」

「類似利用公寓大樓裡的其中一戶來營業的感覺。客人會先物色好官網上刊出的男孩並預定時間，然後，到了那家店租借的公寓房間後，男孩與客人們就在那裡做唷。當然囉，很多老店現在也都有架官網，要不就先從我說的那個網站確認看看嘛？就算只是到附近小酒館形式的風俗店晃晃，要一間間物色男孩也很累人喔。而且都進到人家店裡了總要點些喝的，光酒錢就很可觀不是嗎？」

媽媽桑取來紙跟筆，寫下英文字母拼寫出的某個關鍵字後，遞給了我。

「用這個關鍵字搜尋的話，應該馬上就能找到那個網站了唷。」

「謝謝，那麼我在這一帶風俗店逛完要付的酒錢，今天就付在這裡了。幫我開凱歌香檳，我們來乾杯吧。」

「哎呀，真討人歡心。謝謝。」

打從媽媽桑到冰箱拿來香檳的時間點起，我就已經迫不及待想飛奔回家了。我們分別置身接待處內側與外側乾杯，媽媽桑舉起香檳杯說：「敬你的消極。」我則在不斷抖腳之餘，小心不讓媽媽桑察覺。

天南地北地聊完兩個鐘頭，剛走出酒吧我立刻攔下一輛計程車，回到家啟動電腦。即使只是開機所需的四、五分鐘都令人感到不耐。

輸入關鍵字搜尋，點下畫面中出現的連結後，我嚇了一跳。僅僅是在東京，就足有超過兩百家店。店名按五十音順序排列，我由最上方開始依序確認。當中有刊載出男孩長相的店，也有只刊出脖子以下的上半身裸露照片的店家。恐怕是認為在網路上公開長相的風險很高吧，如此一來要找人可能會有難度。

然而，在我看過大約四、五間的資料以後，焦慮感逐漸消弭。與臉相同，人的身體同樣會展現出只屬於那個人的表情。我已然熟知龍太的身體。肩膀寬闊而光滑、自胸膛延伸到腹部的肌肉，密度比大小更加誘惑人……

夜色泛出了魚肚白。差不多在翻到第三十家店時，出現了那張我絕不會認錯的上半身裸照，我不由得滯住呼吸。就連並排在右鎖骨的兩顆痣都如出一轍。註記在上面的年齡比龍太還年輕一點，可我也曉得，以這類工作而言這不是什麼少見的做法。保險起見，我把剩下還沒看過的官網全數檢查過一遍，但是再也沒有發現比這更「龍太」的照片。

那是間租下離新宿有些距離的公寓大樓來營業的店。假如只走訪一些年代感老店的話，肯定找不到這裡吧。我一邊感激著媽媽桑一邊準備出門上班。

發現照片時的衝擊感消逝而過，我身處人滿為患的電車內，一心祈禱著自己沒有認錯。倘若去到那家店，現身的卻是個素未謀面的男孩，那麼擺在眼前的，就只是自己對於早已結束的故事仍窮追不捨的悲慘吧。
還沒有結束，拜託請別讓它結束……我不禁將祈禱脫口而出，斜前方一名年紀與我相仿的女性因此朝我投以詫異的目光。
那家店從中午開始接受電話聯絡。午休時我去到外面，拿出手機打給那家店。響了幾聲鈴聲之後，工作人員報出了店家的名稱。
「那個……我第一次打電話來，想要預約……」
「好的，請問想預約哪位男孩呢？」
「那位叫做鐵平的孩子……」
「好的，那麼我先確認鐵平的行程表，請稍等。」
聽筒中傳來一段保留音樂，隨後再度響起工作人員的說話聲。
「近期有空檔的時間是後天，星期六的最後一個時段，晚上八點開始，只有兩個小時，幫您預約這個時段可以嗎？不好意思，鐵平出於一些個人原因，沒有提供『過夜』的服務。」

「我知道了。那就麻煩幫我安排。」

工作人員確認過打去的這支電話是我自己的手機，便告訴我預約當天的十分鐘前，要抵達離該店最近的車站再打一次電話聯絡，他們會透過那通電話向我說明前往店家的路線，至此通話結束。接下來的兩天時間，我為了好好梳理見到龍太後最初的五分鐘該說什麼，無論工作或是與朋友聚餐，整個人都心不在焉的，還在職場上時隔多年犯錯被罵，為此被朋友嘲笑了一番。

星期六的晚上八點前，我在離新宿不遠的地下鐵車站下車，依照工作人員的指示走進住宅區的街道，來到一棟落成還不滿五年的公寓大樓。先前與我通話的人等在屋內玄關接待。右手邊是廚房，左轉走過約兩公尺的走道，途經整體浴室（註8），接著打開一扇門，房間裡只

註8 常見於日本的浴室施工方式。事先由工廠使用防水材料模製出整間浴室的設備，再運送至現場，組裝出一體成型的浴室。

有單調配置：迷你雙人床、雙人沙發、電視，以及組合音響。我坐上沙發，付清款項以後，工作人員行了一禮。

「鐵平再兩、三分鐘過來，還請再稍等一會兒。」隨後便打開玄關門走了出去。待命的房間或許就在附近吧。

這兩日以來，我反覆演練過自己絞盡腦汁思索出的臺詞。勝負在最初的五分鐘就會判定。龍太究竟是還喜歡我卻不想再見面，抑或真的厭惡我了，哪種情況都無所謂，只要得知他的決心不變的話，就別再糾纏下去，回去吧。回到三個月前，一直以來過的日子去。無論結果如何，唯獨這部分我已做好了打算。

玄關門被人打開的聲音響起。那人脫下鞋子，敲了敲門。「打擾了。」說話的聲音，是龍太。

踏入房間一步，看見我的臉的當下，龍太的手還握著門把。

「為什麼……」

他說完這句話，就停止了動作。

必須搶在龍太回過神來轉身以前一決勝負，機會僅只這一次。

我直視龍太，開口說：

「抱歉嚇到你了，但是，手機被拒接的話我什麼都沒辦法說。所以現在讓我說五分鐘就好。五分鐘後要是你對我說『回去』，我就會回去。再也不會出現在你面前。」

龍太依舊呆立原地不動，只是就連我也看得出來，他握著門把的那隻手明顯已開始發抖。

「我喜歡龍太。之前也說過了吧。」

「……嗯。」

「還說過要一起努力的吧。」

「……嗯。」

「為什麼不讓我這麼做？」

那隻緊握門把顫抖的手，被另一隻手抓住了。一時間，龍太什麼話也沒有答出口。

五分鐘早已過去。室內徒有老舊冷氣的運轉聲迴盪。我再一次問他。

「為什麼不讓我這麼做呢？」

就像是要提醒他回話似的。

經過又一次短暫的沉默之後，龍太才發出壓抑的說話聲，嘟囔著說道：「我想說不能給你造成麻煩……」

聞言，我下意識大聲起來。

「會不會麻煩，那是我來決定的！」

龍太怔愣地望著我，大吼道：

「當初沒遇到你就好了！」

聽見他說出自己設想過的最壞的其中一種回答，我像塊石頭一樣僵住不動。龍太沒有注意到我的反應，他轉頭、別開臉，繼續大吼：

「沒遇到你就好了！沒有認識你的話，我工作時就不用這麼難受了！不用獨自抱著這種祕密，這麼地痛苦！在遇到你之前，我一直都處理得很好！」

龍太伸出右手抓扯自己梳理整齊的頭髮，低下頭去。

「這種事，要我怎麼開口才好？到底該怎麼做才對啊……」

在我聽見「沒遇到你就好了」的瞬間內心所受到的打擊，此時已如退潮般逐漸褪去。取而代之的是，一種從未在誰身上感受過的感情猶如點火般油然而生。機會只有現在。我重重地深呼吸，整頓自己的情緒。隨後一字一句，準確無誤地表明自己的意思。

「我要買下你。」

龍太再一次轉過來面對我。我直視他的雙眼，繼續說：

「雖然我是個沒什麼錢的客人，一個月只出得起十萬，不過我會成為你的專屬客人。不夠的部分，就由龍太你透過這以外的其他工作來賺取。如果你想說不願意，覺得不划算的話，我現在就回去，再也不會聯絡你。哪一種結果比較好，你來決定吧。」

龍太盯著我，始終不發一語。只不過，眼前的他就好比出現在水壩上的小裂痕，正逐漸擴大為裂縫似的，那隻抓緊門把的手上的顫抖，慢慢擴散到整個身體。他的膝蓋發著抖，從喉嚨間傳出含混不清的呻吟聲，表情皺在一起——

幾乎就在他的雙眼決堤的同一個時刻，龍太當場崩潰，失控地大哭起來。他蜷縮起身體，捂住臉，咆哮似地哭喊出聲。

我不記得他那個樣子哭了多久。龍太保持那個姿勢，手腳並用地慢慢爬到我的腳邊。當他抬起頭，臉上的鼻水與淚水全部糊成了一片。緊接著他猛然撲上來緊緊抱住我，再度激動地落下眼淚。

我一面伸手溫柔地拍撫龍太的背，一面回想起就讀幼稚園時，曾經和身體還健朗的母親一起到動物園玩卻迷路的事。那時的我為了不哭出來，一直用力克制著自己，然而當母親找到我的時候，我馬上就蹲了下去，任憑眼淚奪眶而出。等我撲到急忙趕來的母親懷裡，情緒不止沒有平復下來，反倒還哭得更加厲害。而自從母親生病以後，我便再也沒有哭得那麼厲害過了。

龍太，我曉得喔。我明白你一直都在忍耐。因為，我曾經也和你一樣——

心裡明明這麼想，卻一句話也沒能說出口，我只是一味地安撫著龍太劇烈發顫的後背。

我沒有戀愛的才能，更不懂得什麼是愛。所以，我會出錢。為了讓龍太成為自己的東西。為了買回我與母親的故事。除此之外，還有什麼是我能做的嗎？

4

三天後，龍太傳來簡訊，表示工作會在今年底結束，並說從新的一年開始，有時間就會盡量接下道路施工的打工。

「總算能告訴老媽自己真正在做的工作了。」

簡訊以這句話作結。

那個週末，結束健身以後，我們一起去到新宿逛逛。聖誕節將至的新宿街頭熱鬧得簡直寸步難行，為了避開人潮，我們走進伊勢丹的男仕館，結果電扶梯前面同樣擁擠，有五、六個人堵在那裡動彈不得，嚇了我們一跳。來到好幾家進口品牌集中設櫃的二樓後，明明完全不打算買，我還是試穿了幾件大衣與布勞森外套。儘管是自己發下的豪語，可如果往後的生活每個月都要少十萬日圓，那麼最優先削減的必定是治裝費的預算。

店員積極走動到了煩人的地步，龍太待在那些人旁邊無事可做。踏入店裡沒多久，在他看過其中一件大衣的價格牌之後，便不再碰觸店裡的任何一樣物品。

「我們晚點再來。」我對店員說。走到店家外面的走道時，我才想起龍太一月初就要迎接二十五歲生日了。

「是時候該考慮送你什麼生日禮物了吧。」

即使我這麼說出口，龍太也只是笑笑地回我。「不用啦。」

「但這是我們認識後的第一個聖誕節，況且再兩週就是你生日了。」

我不肯讓步，可是龍太也頑固地不肯答應。

「因為，我在之前就已經收到了，一份非常大的禮物。」

我不曉得該作何回應才好。不論是想找到龍太的時候，還是找到他後提出那個提案的時候，我考慮的都只有自己。龍太崩潰大哭時，我認為自己渴望的與龍太想要的是一樣的東西。龍太緊緊抱住我時，我因為彼此都能得到自己所冀求的東西而由衷感到欣喜。然而，縱使我們恰好獲得了相同的事物，我所採取的行動只是為了一己之私也是無可奈何的事實。我沒能將內心的想法傳達給龍太，僅僅回以曖昧的微笑，這樣果然很狡猾。

被龍太果斷地回絕，無法享受挑選禮物的樂趣實在有些空虛。挑禮物首先要暫時把自己的喜好與想要的東西擺在一邊，根據迄今和對方交談過的內容，從中抽絲剝繭出透露對方喜好的單字，並走訪各式各樣的店家。欣賞對方打開包裝的表情時，便能品味著事情照自己計畫順利進行的成就感，陶醉於逐漸滲透全身的喜悅之中……十幾歲的我滿腦子考慮的只有如何生存下去，從來不曾期待過，將來也有這麼奢侈的樂趣在等待著自己。

其實我已經想好要送龍太一份正式的禮物了。我一面思忖著這些一面走下電扶梯，到了地下一樓的鞋子賣場看長靴時，發現連接男仕館與本館的通道對面，有間比男仕館擠了更多人潮的食品賣場。我若無其事地詢問龍太。

「今天逛完這裡之後，你就要回家了對嗎？」

「嗯。」

「晚餐和伯母一起吃嗎？」

「對喔。」

「晚餐要用的食材已經買好了嗎？」

「還沒，現在都是等我到站以後，再從附近的超市買東西回去。我的口袋裡有備忘錄。」

備忘錄寫在廣告傳單的背面，以娟秀的字跡寫著「可以醬煮的魚肉」、「高湯用昆布」、「大蔥」。在我還是小學生的時候，被母親交代去附近蔬果店與魚店跑腿時，母親也曾經給了我類似的備忘錄。

「伯母原來不吃生的魚嗎？那會討厭壽司嗎？」

「沒有，她超愛的喔。老媽身體健康時還有在工作，那時家裡的經濟較為寬裕，我們都會期待每個月一次去附近壽司店吃飯的日子。」

「啊，像那種時候，都會大吃特吃一頓對吧！」

「對啊對啊。之前工作的時候，雖然也有被客人帶去銀座的高級店吃過飯，不過在我心目中，比起在那裡吃師傅捏的壽司，還是小孩子的時候邊想著『好想再吃一個鮪魚肚壽司喔』，邊吃下肚的鮪魚細卷的美味程度更甚一切。」

龍太為了不撞到其他逛街的人們，一路側著身體閃躲著前進。突然間，他轉過來面對我說：「抱歉。」

「什麼事？」

「沒什麼……我不小心提到了工作的事。而且浩輔先生，你母親在你小學的時候就已經生病了吧。」

「你的那份工作，單純只讓我覺得『很辛苦』而已。再說我母親生病也早就是二十多年前的事了——先不談那些。現在，我決定好要送什麼禮物了。」

龍太面對我的那張臉微微地皺了起來。

「所以說，那個我剛才就……」

「這不是為了你，而是為了你的母親。你看，走那條路可以到對面的食品賣場，我們去買壽司的食材吧。伯母外出不便，如果是在家裡做手捲壽司的話就沒問題了吧？還要去買高湯用昆布，剛好可以做醋飯不是嗎？這是準備給伯母的禮物，所以你沒有拒絕的權利喔。」

龍太似乎還想再說些什麼，我刻意丟下他，加快腳步穿過通往食品賣場的通道。

買鮪魚肚、買海膽、買鮭魚卵、買比目魚、買鯛魚、買甜蝦，沒有看到煮星鰻所以改買蒲燒鰻，買完龍太母親吩咐過的高湯用昆布與大蔥後，又買了烤海苔、青紫蘇、蘿蔔嬰與小黃瓜。

秉著「享用完壽司的最後必須來點兒水果」的堅持，所以我也買了大顆的草莓。隨著兩手提的袋子越來越多，龍太的表情慢慢變得不知該高興還是為難才好。

「只有鮭魚卵最好今天以內就要吃完喔。其他東西就算有剩，之後也能煮來吃。是說，這點常識伯母應該也曉得就是了。啊，蛋容易打破，所以去你家附近的超市再買吧。」

「蛋要用在什麼地方？」

「用來做蛋絲……」

「蛋絲？」

「就是煎得很薄的煎蛋呀。然後啊，只要把切細的蒲燒鰻和小黃瓜跟蛋絲捲在一起，就會超好吃喔。再撒上一點芝麻簡直是人間美味！」

「嗯，我知道了……可是，浩輔先生，這樣真的可以嗎？」

「我說啊，我不是從來沒有送禮物給自己母親的經驗嗎？難得再四天就是聖誕節了，好歹讓我體驗一回嘛。雖然用壽司當聖誕禮物可能也有點奇怪。」

龍太的雙眸泛起一絲溼潤的光輝。一旦他露出這種表情，肯定就會開始熱切地表達感謝。我笑著伸手打斷龍太的道謝，將所有東西交到他手上。

「你買了完全不一樣的東西回去，伯母會不會嚇一跳呢？」

「搞不好會先生氣吧。我該怎麼解釋比較好？」

「說實話不就行了。就說，是你在健身房指導的學員買的。那個人十四歲母親就去世了，他說『人生在世，至少想體驗一次送禮給媽媽的經驗』，堅持把這些塞給你。這也沒有說謊。」

「……嗯。說得也是。就這麼辦。謝謝你。」

我們走在通往新宿車站的地下道，期間龍太邊望著我的側臉，邊靈活地保護兩手提得滿滿當當的東西，小心不撞到錯身而過的行人們。我們從JR東口一起穿過剪票口，之後我爬上通往山手線月臺的階梯，龍太目送我離去。

回家的電車上，我一面回想今天花費的金額，一面覺得這樣很破壞氣氛。

一萬五千日圓。即使我絲毫不覺得後悔，可考慮到下個月起生活費都會少十萬日圓，或許要反省一下比較好。

今天就在家吃晚飯吧。

甫踏出電車便迎來月臺上一陣刺骨的寒風亂舞。

一想到冰冷的洗米水，我頓時失去自炊的心情，遂在歸途順道去了趟百元商店，買了杯麵。

回到屋子裡打開空調開關，煮沸熱水之後倒進杯麵裡。這個時間龍太大概正和伯母兩個人一起開晚餐派對吧？雖然忘記交代龍太「把醋飯搧涼的體力活要由你負責」，不過那種事他早就自動幫忙分擔了吧——

「兩位的面前擺的是手捲壽司，我的面前擺的是杯裝泡麵。」

我模仿著莎岡（註9）筆下的敘事句自言自語地哼唱，一邊等待泡麵泡好，這時從我扔在床上的大衣口袋裡傳來手機鈴聲。是龍太打來的。我坐到床上接起電話。

「喂，已經到家了嗎？」

「嗯，那個啊，浩輔先生，我家老媽說，無論如何都想要和你道

註9　法國知名女性小說家、劇作家、編輯。以中產階級愛情故事的主題聞名。

謝。她現在就在我旁邊。」

預料外的發展嚇得我驚叫出聲：「啊!?」只不過這一叫，似乎讓龍太比我還吃驚。

「呃？不可以嗎？」

「不是，不是可不可以的問題……先等一下，關於我的事，你應該有照我們在伊勢丹討論好的解釋給伯母聽吧？就說我是你任職私人教練的學員，母親早早就過世了……」

「嗯，我有把這些告訴她了。那我就把電話給老媽囉。」

「啊——再等一下下！」

不知道龍太是不是沒有聽見我這句話，他好像離開了手機，從聽筒裡傳來他遙遠的聲音。「是齊藤先生喔。」緊接著，一道略沙啞、彷彿在久遠以前便忘了如何高昂的說話聲流入我的耳中。

「初次問候，我是龍太的媽媽。」

每個孱弱母親的聲音都好相似。聽到聲音的當下，我浮現這個想法。明明我沒有任何根據，那道聲音也與我母親的嗓音毫無相像之處才對。

「您好，敝姓齊藤。」

「這真是該如何向您道謝才好……龍太平時就總是受您關照了，想不到連我也……」

「別這麼說，因為我似乎是中村先生的學員裡最不聽話的一個，所以呢，我才想在教練放棄我以前先賄賂一下他。」

「哎呀……」

電話另一頭的聲音稍微開朗了些。

「我老是對健身的安排有意見，光吃一些會胖的食物，每次都讓教練無言以對。感覺教練也差不多快生氣了，所以才會……」

「真是的，怎麼會呢……而且，這些魚是考慮到我的身體狀況，才讓龍太拿回來的沒錯吧？」

「那個……在我還是中學生的時候，家母就離開人世了。我沒有送禮物給自己母親的經驗，所以今天讓我非常愉快喔。一切都是我的任意妄為。只有今天，就請您別深究了。」

我以為伯母也會爽朗地回應我，卻沒料到，電話裡傳來的是她咬牙忍住啜泣的聲音。

「對不起，我居然哭了……沒想到會有這種事……」

此時無論回些什麼好像都不合適，我說不出話來。片刻過後，啜泣聲已遠去，從電話裡傳來龍太的聲音。

「抱歉耶，浩輔先生。嚇到你了。」

是錯覺嗎？感覺龍太的說話聲也帶著哭腔。

「我沒有關係，只是不曉得伯母她……？」

「嗯，沒事。其實在打電話給你的稍早之前，老媽就哭過了喔。她說：『竟然還有這種事啊。』雖然很難為情，不過我也是，小小地哭了一下。」

「什麼嘛。這可是難得的聖誕禮物耶，現在開始你們要笑啦。」

「嗯，我們會的。謝謝你。」

「不用再道謝了啦。接到這通電話，我很開心喔。那我就先掛了。」

我掛掉電話倒上床，把臉埋進枕頭裡。聽著龍太的母親說話的期間，我一直有種好像想起了什麼東西的焦躁感。本以為許久以前就丟失的書本，在睽違多時後終於回到我的手裡，可或許是因為曾經被草率擱置的緣故，如今書頁黏在一起打不開。我在迷你雙人床上翻來覆去，等待書頁慢慢分離。如此約莫過了五分鐘吧，腦海裡總算發出輕微的聲響，翻篇揭開第一頁。

當時是小學一年級的五月。我被時睡時醒的母親拜託去一趟蔬果店。作為答應的交換條件，我提出想買零食的要求，向母親要到了五十塊的跑腿費。走路五分鐘到了蔬果店，我依照母親給的備忘錄將茄子、白蘿蔔、番茄放入購物籃。接著就在我準備到零食架去逛的時候，發現了走道上的一個水桶，裡面被人隨手放了幾十枝紅色的花朵。水桶上貼了一張練習簿大小的紙，紙上是手寫的字跡。

「康乃馨　大枝一百元．小枝五十元」

當下我有如被箭射中一般動彈不得。明知道買了這個就不能買零食了，我卻沒辦法就這麼移步去到零食架前。

不記得自己究竟煩惱了多久。當我拿著小枝的康乃馨和蔬菜一起去接待處結帳時，不知為何，心裡很是緊張。收銀的阿姨撕下打溼的報紙包住花莖前端，對我說：「這個幫你和蔬菜分開放唷。」雖然我有點頭回應，卻沒能說出「謝謝」。

跑回家後，母親已經起床在等我了。

「你去了好久耶，我很擔心喔。」

「對不起。」

我說道，將拿著康乃馨的一隻手藏在背後，用另一手交出蔬菜。

「那個啊，我沒有買零食。」

「嗯？那你的跑腿費要拿去做什麼？」

我把康乃馨遞到母親面前。

「咦……？」

「馬上就是母親節了。」

「咦……？」

母親又一次說道。她以極緩慢的速度跪到地板上，將蔬菜放到腳邊，接過花朵。

她會笑著對我說謝謝嗎？這樣的話，我也就笑著回她「不客氣」吧。從蔬果店跑回家的期間，我一直想著這件事。認定了接過花的母親會做出和我預期一樣的反應，我得意地看著她，準備說出「不客氣」。

母親卻沒有笑。我眼看著那張臉漸漸皺了起來，隨後，她費盡全身的力氣開口說道：

「真是的……」

母親仍然把花拿在手裡，她以雙手捂住臉哭了出來。

我準備好的那句「不客氣」早已被拋到九霄雲外。驚慌失措的我想要安慰流淚的母親，便說：「媽媽，不要哭。我以為妳會開心，所以才會……」明明沒什麼好悲傷的，我卻比母親更加激動地哭了出來。

母親邊抽泣邊說：

「抱歉，不是的。媽媽是因為開心，非常非常地開心喔。」

她將我緊緊摟進懷裡。我們兩個就這樣，持續哭了幾十分鐘吧。母親的睡衣被我的眼淚與鼻水弄得一塌糊塗。

從那天起，那朵花就被插在一個類似清酒瓶的小花瓶內，一直裝飾在母親的枕頭旁邊。等花蔫得差不多時，我問：「要換不同的花嗎？」母親只是微笑以對，後來即使枯萎了，自始至終也只有那一朵花被擺在她的枕邊——

啊，對了。我其實有送過禮物給母親才對。母親收到了也很開心不是嗎？

我仰躺在床上，抬起雙手覆蓋住臉。不是因為哭了的緣故。這就好比關燈後才會播放電影的道理，我是想喚醒記憶中更鮮明的色彩。

這二十年來，我從不曾記起從前。我認為沒有那麼做的時間，就這樣活到了今天。而讓我擁有這種餘裕的人，是龍太的母親。

本來是想送禮的，結果自己也成了收禮的人呢。

那些黏在一起的書頁完全分離開來，輕柔地翻篇而過。我貪圖著更多的回憶。

驀地，醬油的香氣撲鼻而來。慌忙從床上跳起來掀開杯麵的蓋子後，只見裡頭的麵條發脹成我從未看過的形狀，塞得整個杯子滿滿的都是。湯汁好像被吸得一滴不剩了，就算傾斜杯身也不見有湯流出來。我苦笑著從廚房拿來大碗，把杯子裡的食物倒進去，吃下那些糊得宛如麵筋的麵。

這是為什麼呢，我非但不覺得難吃，甚至覺得還不錯。

二〇〇四年，我一直工作到除夕的前一天。龍太也是一副歉疚的樣子，表示抽不太出時間見面。雖然他沒親口提過，但多半是得知他要離職的客人紛紛搶著預約的關係吧。

除夕那天，正當我與幾名友人在其中一人的家裡聚會開紅酒時，手機鈴聲響了。來電的是我父親。

明明也不是過年不回家還會挨罵的年紀了，怎麼還會打來？我邊腹誹邊接起電話，結果就聽父親支吾了一陣子後說：「過完年之後，我就和明子一起生活了。」

明子以前和我打過幾次照面，是父親的戀人。我從父親那裡聽說，對方的丈夫於十幾年前的一場交通事故中身故。兩人同樣經歷過生離死別，恐怕也能互相理解彼此思念已離世伴侶的感受吧。還活在世的人需要另一個還活在世的人。

對於除了替母親掃墓以外的日子幾乎不太回家的我而言，老家裡住著誰儘管不是什麼大問題，可在規規矩矩地特地打來報告的父親面前，我倒也沒有坦白的打算。我對父親的告知表示祝福，說完「我還在工作」便掛斷了電話。

從電視機播放的綜藝節目中，傳出鬧哄哄的倒數聲，緊接著，這次收到了一封簡訊。是龍太寄來的。

「新年快樂！去年對我來說是超級棒的一年。如果對浩輔先生來說也是的話，我會很開心的。雖然不曉得說這種話適不適合，不過今年也請你多多關照。」

「我去抽菸。」我和友人打了聲招呼後走去陽臺。外頭的風很強。

「新年快樂。去年當然也是讓我非常開心的一年唷。今年也請多關照。快樂地享受生活吧！」

我打了這封回信，然而電話線路好像癱瘓了，簡訊傳不出去。我只好死心點燃香菸，改進行每年新年的慣例——和母親問好。

「媽，新年快樂。剛才我在打簡訊，發送對象是從九月開始和我交往的人喔。他的名字叫做龍太。話說，妳已經知道了吧？龍太在照顧生病的母親。他正在努力做那些以前我做不到的事。或許就是因為這樣吧，才讓我頭一次對一個人產生『不想要放手』的念頭。不過，無論我今後再怎麼和龍太交往，都不會改變那時我對妳的病情無能為力的事實呢。抱歉，對不起。」

每當有風颳來，寒氣便會颼颼颼地鑽入我的毛孔裡。不知何故，我就是不想當著友人們的面重新發送簡訊，在陽臺滑手機的期間抽了足足十根菸之多。

興許是我只在T恤外面披上薄博一件針織衣，卻在外面待了兩個小時的緣故，我的二〇〇五年初，最終以一場重感冒揭開序幕。

5

我重新打好皮革風衣外套的綁帶，再纏上好幾圈長圍巾保護脖子周圍。工作結束後，剛出地下鐵車站走到地面，立時凍得我連離家不過幾百公尺的這段路都想招一輛計程車來坐。我邊走邊用手套捂住兩隻耳朵抵禦寒氣。途經超商時順道進去一趟，買下今晚的晚飯。

正月初三過後我和龍太見面，拿了錢給他。龍太深深行完一禮才收下，我勸他別這樣，他卻都不聽。在那之後過去三個星期，發薪日的前一天我確認帳戶餘額時，發現比起上個月的同一天還少了八萬日圓。

我當然考慮過要自已煮飯。在母親離世後直到來東京的這段期間，煮飯便一直是我的工作，而在來到東京之初，大學時代沒有錢的我也靠著自炊度過。但是，自從開始工作，有了一定程度的餘裕以後，我自然就不再手握菜刀下廚了。

重回自炊的日子起初還多少有些幹勁，可只維持一週就宣告結束。我不是個能在累得像坨爛泥一樣回到家以後，還只因為自己要吃飯，就麻煩地考慮晚飯煮什麼的人。去超商的次數大幅增加是在這之後的事。

到了這個歲數，越來越熟知的竟然不是喜歡的餐廳菜單，而是超商賣的杯麵種類。我邊思忖著這些，邊將泡麵杯蓋撕開一半注入熱水。即使照著說明的時間準時開動，也不怎麼覺得美味。我苦笑著吸入麵條。

雖然也想過要做便當來節省午餐錢，可有成功早起的日子僅僅三天而已。三月的發薪日之前，一想到自己該不會決定了一件辦不到的事，我便陷入消沉，隨後又對於自己把這點程度的節儉認為是「辦不到的事」而錯愕不已。

母親的忌日在三月底，那年正好是星期日。我決定去掃墓。等到星期六拿錢給了龍太，倉促地和他歡愛過後，我便趕著搭上最後一班新幹線。下了新幹線後，順利搭上JR的在來線，不過地方鐵路的末班車早已發車，於是我從那裡叫了一輛計程車來搭。到家時，父親與明子小姐穿著睡衣在看電視。

「喔，歡迎回來。」

「歡迎你回來。」

「我回來了。你們準備睡了對吧？我泡澡時會小聲一點。」

邊說邊與父親對到眼時，我忍不住好好地端詳了一番他的臉，卻反倒讓人覺得可疑。

「什麼事？」

「沒啊，什麼都沒有。我去泡澡了喔。」

「喔，我們要睡了。晚安。」

父親站了起來，明子小姐跟隨其後。

「抱歉，我們先失陪了。晚安。」

「請別說什麼抱歉。晚安。」

身體沉入浴缸裡，我回憶起往事，不是關於母親，而是父親的事。不知道那個人在母親病倒後的八年間，是以何種狀態度日的？我的老家經營著一間小規模的家族企業，母親身體猶健康時也在那裡工作，所以或許無法與生活在繳納醫療保險都有困難的環境中的龍太他們相提並論吧。

我覺得自己之所以能和父親處得好，正是因為不曾觸及任何核心話題的關係。但是，我必須去問清楚，關於母親的事，還有那時候，父親的心情。

翌日清晨，我與父親前往離家徒步約五分鐘的地方替母親掃墓。明子小姐主動留下來看家，表示：「這種時候，應該由兩位去才對。」

「讓她費心了吧。」

「你用不著在意。」

墓碑前裝飾的菊花還沒怎麼枯黃，或許是明子小姐幫忙插上的吧。我到墓園的汲水區更換花瓶裡的水，再用木桶裝滿水回去時，父親正以單手護住蠟燭的火苗，以此點燃線香。我站在父親身後發問。

「話說，我有些事想問。」

「怎樣？」

父親沒有回頭。

「以前我還小，所以不太清楚，媽生病之後，錢的方面跟心情上會不會很煎熬？」

父親好一陣子沒有動作。等確認好線香確實點燃了他才轉過來，分出其中一半遞給我。

「錢的部分還過得去，不過要是沒保險的話，我也不曉得會如何。心情上就……」

父親再一次轉身面向墓碑，將線香供上盛滿灰的白陶香爐內。我仿效他的動作依樣畫葫蘆。父親蹲了下去，注視著墓碑繼續說道：

「你媽努力了將近八年，但其實第一次住院時，醫生說她『不知道撐不撐得過兩年』……」

「嗯，這個我知道。」

「後來她大概也意識到了，自己所剩時日不多。她總是一直一直道歉，說著『對不起，真的對你很過意不去』。那是最讓我覺得難受的吧。畢竟我一次也沒想過要她道歉。」

「嗯。」

父親依舊蹲著沒有起來，他仰頭望著母親的墳墓，一動也不動。風與天空亦靜止了流動。從遠方傳來電車疾駛而過的聲音。

「唯獨有一次，真的只有那麼一次，你媽當著我的面大哭大叫。她對我說：『和我離婚，我要回娘家去。』在那次之前，你媽為了不給身體造成負擔，一直都老實安分地過日子，所以我被她嚇到了，也很難受。如今我有時候還是會想起來，她那時的表情與聲音。我也只有那個時候喝斥過她。」

「你說了什麼？」

蠟燭熄滅了，父親用打火機重新點燃火光，緩緩續道。

「……不准說那種話。絕對不准再說了。我討厭妳的話就會離婚。妳也一樣，討厭我的話要離婚也行。可是，並沒有吧，並不是這樣的吧？既然我們遇到了，那也沒辦法啊。就是因為遇到了，還仍然把彼此放在心上，所以才沒辦法吧。我們都還把彼此放在心上，又沒有其他辦法，所以也只能繼續面對不是嗎——我說了這些。我口拙，不曉得到底有沒有把想法傳達給她。要是有不知情的人遠遠地聽到了，八成只會以為我在發脾氣吧。不過，當時說那些話的我，還有聽我說話的你媽，都哭得亂七八糟了。」

父親的口吻淡漠得就好像刻意似的，那卻在我的腦海裡轉變成嚎啕的哭腔，再一次重現。他吸著鼻子，拚命裝成若無其事的樣子，不想讓我察覺。父親合起雙掌，我慢了他幾秒原地蹲下，雙手合十，閉上雙眼。沒有風。遠處響起「唧唧唧……」的細微聲響，大概是地底下的蟲子在叫，抑或是變強的陽光將新綠暖和得嘎吱作響的聲音吧。

回家的路上，父親拐彎抹角地問我。

「你也遇到什麼事了嗎？」

是我那個年紀比我小的男性戀人——這種話，當然不能據實以告，於是我編起流利的謊話。

「沒什麼，只是有個朋友的太太生病了。對方找我商量的時候，我回不出話來。」

「是喔。」

回程中我與父親並肩同行，腦袋裡一直反覆回味著先前他所說的話。

既然我們遇到了，那也沒辦法啊。就是因為遇到了，還仍然把彼此放在心上，所以才沒辦法吧。我們都還把彼此放在心上，又沒有其他辦法，所以也只能繼續面對不是嗎——

「爸。」

「嗯？」

「我挺喜歡老爸你的喔。」

「說什麼蠢話。」

「明子小姐是個好人呢。」

「喔——」

沈丁花的濃郁香氣消融進微微拂過的風中。天空高廣，是個好日子。對父親說謊所體會到的愁悶，在我二十幾歲的時候便已釋然。我不曉得那究竟是好還是不好，只是單純地想著，今天是個好日子呢。

回到東京後，四月初的星期六，上午與龍太碰面健身，之後我們一起在新宿吃午餐。用餐地點是 LUMINE（註10）樓上一間自助餐店，我盛了雞肉、豐盛的蔬菜、豆類與一點點糙米到托盤上，回到座位時卻看到龍太還沒開動，明明都告訴過他先吃，不用等我了。

註10 日本一家經營車站大樓型商場的企業。

「真希望你可以別再那麼客氣了。」

「這不是在客氣喔，是我老媽教我的禮儀，所以到現在都改不過來。」

我苦笑著拿起筷子開動。龍太晚一步舉起筷子，向我問道：

「對了，前陣子替你母親掃墓的事，怎麼樣了？」

「嗯，那天天氣很好，和我父親也聊了不少，感覺挺好的。」

我們面對面用餐，這時，我突然想問龍太一個問題。你是以什麼樣的心情投入賣身工作的？可是，該如何斟酌用字是個問題，在我猶豫的期間慢慢停下了筷子的動作。龍太注意到我的反常，從旁打岔。

「浩輔先生沒食欲的樣子還真稀奇？換作平常的話，應該是吃到被眼前的教練說『請你節制一點好嗎』才對啊。」

「早上運動好累人耶，當然會沒有食欲囉。以後麻煩幫我把健身時段排到下午去，拜託了。」

我強顏歡笑著將烤雞肉送入口中，龍太同樣回以笑容點了點頭。

就算我想問，但這家店連隔壁桌情侶壓低音量的一言一語都聽得清楚，不適合聊那種事。

用餐結束離開店家以後，搭電梯下樓的人只有我們兩個。先開口的人是龍太。

「怎麼了嗎？你感覺怪怪的喔。是我做了什麼嗎？」

我急忙搖頭。

「還是真的身體不舒服嗎？」

「沒有，不是那個樣子……其實我有話想問你。」

「什麼事？」

我祈禱電梯在抵達一樓前不會中途打開，開口說：

「……你到去年為止的那份工作，剛開始做的時候，是怎麼想的？」

龍太的視線正對著我。他的嘴角歪扭，彷彿想要勉強自己扯開笑容的樣子。

「……果然，你和做過那種工作的人沒辦法交往嗎？」

「不是的！」

電梯在一樓開門。我們與進來的乘客錯身走到街上去，那些擦肩而過的人們交談的內容被市街的喧鬧淹沒，漸漸地聽不見了。要談就趁現在。

「抱歉，真的不是這樣。去掃墓的時候，我問過我父親了。我問他以前是抱著什麼心情度過的。平常不愛說話的父親和我說了許多我不曉得的事，讓我很開心。所以我……」

或許是為了不讓我進入視野範圍內吧，龍太走在稍微前面一點兒的地方，這時他忽地放慢了腳步。他沒有笑，更沒有逞強地裝模作樣，在他臉上顯露的是平時的神色。龍太說：

「……這種話題，如果在咖啡廳之類的地方談的話，會很在意旁邊的人而說不下去對吧？我們邊走邊聊吧？」

他拉近了與我的距離。

「那個啊，不是我真心想做才去做的工作喔。只不過，因為沒有其他選擇了。當時能走的路只有那一條而已。我就想：既然只有這條路，那麼除了前進以外也沒其他辦法了不是嗎？因為老媽很重要，所以也只能這樣。」

倏然間，新宿的嘈雜聲從我身旁消失殆盡。我的世界裡只剩下在母親的墓前聽見的那道「唧唧唧……」的細小聲音。

「浩輔先生？浩輔先生!?」

總覺得，龍太的聲音像是從遠方遙遙地傳過來。那種不可思議的感覺讓我回過神來。

「啊……抱歉。」

「你今天真的不對勁喔。在老家發生什麼了嗎？」

「……不對勁嗎。沒有……該怎麼說……我其實很開心，能聽你剛剛那麼說。」

「開心？」

「嗯。」

就在我們兩個漫無目的繼續走下去時，來到了高樓大廈林立的地方。星期六的大廈之間鮮有人通過，無須像先前那樣在意周圍。我把在墓園時父親說過的那番話，原封不動地告訴龍太。話說完的時候，我們之間的距離已縮短到彼此互碰肩膀的程度，也不知是誰先的。

「這樣啊。浩輔先生的爸爸，原來和我一樣。」

「對，而且，我也是喔。」

「咦？」

「我也一樣。龍太對我來說很重要；雖然我只和你的母親通過電話，不過她也很重要。所以我在想，也只能盡力而為了吧，這才回到東京。」

「……我們大家都一樣。」

「對呢。」

「……原來不是只有我這樣。」

「對呢。」

「……謝謝你。」

「只不過是一樣而已，不是什麼要道謝的事喔。」

「……嗯。」

我們在大廈群間繞了一圈，來到小田急百貨前面。龍太說要先回家一趟吃晚飯，睡個兩小時再去工地，我半強迫地拉著他到百貨公司樓下，買了手捲壽司的食材。鮪魚、比目魚、鯛魚和鮭魚卵，總共採買了將近七千日圓，最後我們到新宿車站的剪票口前握手。曲起手肘，彼此指尖朝上地握手。那種即使是男人與男人在街上做了，也不會被任何人另眼看待的握手方式。

「就不用讓伯母再打電話來道謝了。」

「我知道了。那就再見了。」

我走了十公尺左右轉回頭去看時，龍太還未通過剪票口。他對著回頭的我，握起先前交握的那隻右手舉到臉旁，在拳頭上親了一口。

我笑著揮了揮手，往ＪＲ的剪票口走去。

我與父親與龍太，每個人都是不一樣的人，每個人都一樣。

我的母親與龍太的母親是不一樣的人，彼此卻是一樣的。

正因為重視，所以才別無他法。既然別無他法，那也只能面對。

6

聽聞我時隔多年再次交往到能稱之為戀人的對象，身旁的友人們要不是瞪大雙眼，要不是就笑著大罵：「居然給我轉攻為守！」

關於龍太過去從事什麼樣的工作，還有現在，我們的交往情況，某天我與那群除夕一起過夜的同志友人們喝下午茶時交代了。他們發出嘆息，異口同聲說：「純愛耶。」或許他們是在客套，抑或是真的那麼想，我無從得知。無論是哪種情形，從他們的口吻聽來都沒有一絲的諷刺。

「才不是那樣」——假如我如此坦承，就等同在對他們的心意潑冷水，所以，我只能用曖昧的微笑來回應。我只叮囑了他們一句「別對其他人說出去」，並決定從此不再對人提起這件事。

單純被戀愛迷得魂不守舍的日子，只限於剛遇到龍太的那段時期。那段在小心不被龍太發現之餘，樂於觀察他的臉、身體與每個舉手投足，且為了能否將他納為己有而亢奮不已，搭電車時甚至會坐過站的時期。與那段時期相比，現在的我有太多「除此以外的想法」。而且，對現在的我而言，那些「除此以外的想法」遠要重要得多。這點對龍太而言，大概也一樣吧。

兩個人手握著手，注視著彼此，這樣的他們正談著戀愛。那麼，手握著手，注視著同一個方向的我們，又算是什麼呢？即使是我們注視著彼此的時候，也渴望在對方身上挖掘出「相同的部分」，這樣究竟算什麼呢？

碰面、健身、用餐，剩餘的時間就在我的房間度過。我們有時連衣服也沒脫，只是互擁著話家常。

——小學四年級的暑假，我們家去了靜岡的御前崎市。那是自從母親生病以來，唯一一次的家族旅行，在那邊過了兩天一夜。對小時候的我來說，夏天與冬天開四十分鐘的車程回到母親娘家就算「出遠門」，所以那次超開心的呢。說不定呀，我們其實一直都在等待母親的身體狀況好轉的時候吧。現在想起來，當時住的不是什麼厲害的旅館，是說，我這樣講肯定會惹我父親生氣就是了。

我們泡了溫泉，用過飯，晚上我睡不太著，就連鑽進被窩後也一直和躺在旁邊的母親說話。因為我從上小學之後，在家就是睡自己房間了。你問我們聊了什麼嗎？我不記得了啦。真的應該都是些很瑣碎的話題喔。可能並不是聊的內容，而是能聊天本身讓我很高興吧。隔天，我們去看了燈塔。我和我父親有爬上燈塔喔，母親在底下等我們。然後啊，下了燈塔之後，我們三個就一直在看海。明明從老家走路出門能到的地方就有海跟燈塔的說，但如果現在提到海，我想到的就一定會是御前崎的海呢。我老家在內海的漁師町那邊，和那裡不同，御前崎的海邊風很強，浪也高，完全沒有那種黏滑閉塞的氣味。待在這裡的話，媽媽身上的壞東西是否就能被風捎走呢？會不會就這麼溶入水裡被海帶離呢？我想著這些，握起拳頭望著那片大海好久好久——

——我啊，十八歲開始那份工作三個月左右的時候，和老媽去了趟旅行。我們到山梨摘葡萄和水梨，搭巴士當天來回，畢竟要過夜的話會擔心出什麼狀況。那天到達集合地點時，附近全是和我老媽差不多年紀的阿姨們，就只有我格格不入耶。起初到了種水梨的農園，我先鋪了一張防水墊，讓老媽坐下……因為啊，摘水梨跟葡萄都要彎腰走路，我想說會給老媽負擔所以才帶去的，那是在百元商店買的藍色防水墊。之後，就換我一個人到農園裡晃了一圈，挑了兩顆看起來最好吃的梨子。沒錯，是我超級精挑細選的。等我回去後，卻看到防水墊上還有其他跟團旅行的阿姨，大約有五個人和我老媽坐在一起。

「妳真好耶，可以和兒子一起來旅行。」那些阿姨對我老媽說了類似這種話。結果到最後，我連阿姨們的梨子和葡萄都幫忙摘了，甚至變成負責出借防水墊的人。不過啊，阿姨們得知老媽身體不好後，回去前幫忙摺好了防水墊，還把我們在梨園和葡萄園製造的垃圾一起帶走，說是「扔自己的垃圾時順便丟就好」。

總覺得，那天超開心的。現在老媽大概半年一次吧，身體狀況好的時候，會和朋友去巴士一日遊。朋友當中有護理師在，對方和我說「就算出了什麼狀況也有我在」，要我放心。做前一份工作時，只要看到旅行回來的老媽的笑容，就有種疲憊感都消失了的感覺。那讓我覺得，選了這份工作並沒有錯——

龍太繼續侃侃而談，我吸著他的後頸氣味並思忖：我曉得的。這個樣子，已經不是迷戀了。不過，要說是愛就太難為情，我實在說不出口。對著自己因為喜歡才做的事，哪裡好意思稱之為愛。

七月初，我們在一個難得放晴的星期六上午見面吃午餐，後來一起到伊勢丹閒逛時，龍太的手機響了。

「啊，是我老媽。」

龍太說著接起了電話。

「老媽，結束了嗎？妳現在在哪？嗯。我們在新宿。嗯。那就半小時後見。」

龍太掛掉電話將手機塞進牛仔褲口袋裡，接著往我這裡看了過來。

「今天老媽去有明的醫院，她說現在剛看完診，人在車站。」

「她搭電車去的嗎？」

「嗯，早上我們一起出門的。我有告訴她，今天和你約好要健身。」會專程搭電車去看診的話，肯定是去具有一定知名度的醫院，而有明那裡符合這種條件的，就只有癌症專門醫院。我馬上就會意過來，可不知道該做何反應才好，只好適度地找話接下去說：

「你們要從新宿一起回家嗎？」

「嗯，但是在回去之前，老媽說想先見你一面，為了至今以來的事和你道謝。」

我發出慘叫，聲音大到就算引起周圍逛街的人注意都不意外。

「咦——！不用啦，為了這點小事。」

「不行，早上出門的時候，老媽已經交代過我要好好拜託你了。」

「不、但是……說起來，我根本不曉得要用什麼態度來見伯母比較好。」

「不用想得那麼難啦。我又沒有介紹過你是我的戀人。」

龍太說的話害我忍俊不禁。說得沒錯，要自我意識過剩也該適可而止。我帶著笑意，到水果賣場買了枇杷和櫻桃，隨後與龍太一同前往新宿車站。

一抵達埼京線的月臺，龍太旋即舉高他寬厚的手掌。留意到這一幕的人群之中，有個人先是朝我們深深地行完一禮才走過來。我站在龍太身旁，同樣稍微躬身回以一禮。

或許是為了方便在醫院更衣吧，對方穿了件長袖的紺青色寬鬆針織衣，每走一步，衣服的輕盈感就更凸顯出她消瘦的體型。那個人來到我們面前，又一次深深地彎腰鞠了躬。

「齊藤先生，不好意思臨時請你過來。這位是我媽。」

龍太向我介紹道。無論是用字遣詞或者語調，完全是工作時的態度。我和我的同志友人們也是這樣，多數時候無法在人前光明正大地介紹戀人，更遑論在親人面前這麼做。倘若換我站在龍太的立場，恐怕也會表現出一樣的態度吧。

「初次見面，我是龍太的媽媽。」

我配合龍太的母親，跟著報出自己的名字。她在抬起頭以前又說了一句。

「不僅是小犬，就連我都受到您的照顧……」

「別這麼說。因為家母很早就離世了，我幾乎沒有什麼買東西給自己母親的經驗，所以才會忍不住想這麼做嘛。」

龍太將紙袋的內容物秀給他母親看。

「今天也收到了齊藤先生送的東西，枇杷跟櫻桃。」

「哎呀……你啊，一定又說了些任性的話吧。」

我急忙打岔。

「沒有，這也是我擅自作主的。每次我都不讓中村先生拒絕，害他很困擾呢。」

她轉身面對我，再一次行了一禮，把腰彎得感覺都快摔跤了。

「我把小犬養成一個任性的孩子，所以總是在擔心，不曉得他有沒有做出失禮的事……」

「在中村先生的學員裡，我想我大概是最任性的了……記得大約兩個星期前我也這麼說過，對吧，中村先生？」

「你就饒了我吧。這要我在自己母親面前怎麼回答才好。」

聽著我們的對話，龍太母親的表情這才總算放鬆下來。至此我終於能仔細地端詳她。那副面容在過去應該有被稱讚過是位美女吧？如今臉上布滿斑點，再怎麼努力也掩飾不住。她的皺紋與其說是深邃的刻痕，倒更像是挖鑿出的痕跡。然後是那頭失去光澤的頭髮，白髮摻雜其中——

好美。我發自內心這麼想。因為，這可是即使捨棄一切，也決心要活下去的人所擁有的面貌啊。在她身上分明沒有任何共同之處，卻讓我想起了自己的母親。假如母親有活到五十歲，或許就會擁有這樣一副面容吧。我曾在自己三十歲生日的時候，突然冒出「如果母親還活著」的想像。浮現於我想像中的五十四歲的母親，的確就是這樣的膚況，留著這樣的頭髮。

就在我們準備離開埼京線的月臺下樓時，電車滑進站了。龍太停下腳步，非常自然地看著幾乎所有下車的乘客先一步走下樓梯。在這之後，龍太與他母親才重新邁開腳步，而那極為緩慢的速度讓我大吃一驚。即使是從月臺走到地下道以後，每一個路人也都從旁超前我們通過。我當然沒有表現出自己的驚訝，僅在一旁配合他們兩人的步調前進。

我們在京王線的轉乘剪票口前互相道別，我本想目送兩人離開，伯母卻對我說：

「您先請。」

如此催促我先走。我謝過她的好意，登上一旁通往山手線月臺的樓梯。來到樓梯中段的平臺時我轉過頭去看，只見龍太與伯母仍舊站在那裡動也不動，目送著我離去。

我搭上的那班山手線難得車內空曠。我找了座位坐下，心想，但願京王線的人潮也不多。

患上癌症的人，要搭電車在自家與有明之間往返會是多麼大的負擔，龍太應該也清楚才對。若是龍太有駕照，且明知如此卻無能為力的話，我能考慮的就只有一件事。

夜晚，龍太傳來簡訊。

「老媽狂說很好吃很好吃，不管是枇杷還是櫻桃都吃了很多喔。最近她的食量變小了，所以看她這樣我也很開心。老媽也交代我要和你道謝，真的很謝謝你。」

那時我一面沉浸在以前小學結束教學觀摩後，置身於梅雨季過後的漁師町的滯塞氣味裡，配合著母親走走停停的步伐踏上歸途的回憶之中，一面確認存摺的餘額。

縱使是現在，每回拿錢給龍太時，他也總會露出窘迫的神色，要是我做出比這更過火的事，指不定就會讓龍太與我之間出現決定性的隔閡吧。

但是，我已經無法再像以前一樣交往下去了。

我為了自己的故事，用錢買下龍太。我深知這終究是傲慢的行為。然而，龍太的母親與我的母親不同，她仍活在世上。

為了一個還活著的人，由我這個外人表示想付出些什麼，這果然還是一種傲慢嗎？

下個週日和龍太見面時，我伸手打斷龍太一而再、再而三的道謝，開始編故事——大約十天前開了朋友的車去兜風覺得很有趣，於是我也開始考慮買車的事。只是，不同於衣服，汽車只要能順利發動就行，我對製造商或新車都沒有興趣。況且我很快就膩了的可能性也高，所以只想找狀態好、五十萬日圓以內的中古車……龍太一臉意外地聽著我說話。

「原來你有駕照啊。」

「嗯，雖然只有拿來做為證明身分的證件用過而已。嘗試開車後才發現其實很有趣耶。龍太你有駕照嗎？」

「嗯，以前我很常開車喔。」

為什麼現在不開了——用不著問出口我也明白理由。我佯裝若無其事的樣子繼續說：

「那等買了車子以後，我們去兜風吧。來回可以輪流開車。」

「啊，那很棒耶。」

「話說——下次，我們一起去看車子怎麼樣？我沒去過中古車行，自己一個人去八成也搞不懂要注意些什麼。」

「嗯。糟糕，我超——期待的。」

這時，龍太在我的面前，第一次笑得像個孩子一樣。假如事先告訴他，我是為了他母親而決定買的，那個光是因為我買魚送他就會露出歉疚表情的龍太，肯定就不會笑成這樣了吧。能看見他的這種表情我已感到滿足。我們笑著面對彼此，約好下週見。

到了約定日子的前一天，我傳了封簡訊給龍太。

「碰面之前，我有個工作要先去府中商洽，等結束就順道過去你那裡喔。知道你家附近哪裡有在賣中古車的地方嗎？」

沒一會兒便收到龍太的回覆。

「了解，店的話我知道喔。超級期待明天的。」

隔天，我到北野車站的圓環廣場傳簡訊給龍太，很快就收到他的回訊。「我現在在公車上。就快到了喔。」約莫五分鐘過後，龍太出現了。幾天前氣象局已宣告過梅雨季結束的大街上，陽光晒得人生疼，龍太的T恤已經完全黏附在身上了。

「你家離車站很遠嗎？」

「走路的話大概要三十分鐘吧。說遠也不算太遠。」

搭計程車去中古車行約五分鐘抵達。剛下車沒多久，我便對龍太問出事前準備好的問題。

「之前，你和伯母是搭公車從北野站一起回去的嗎？」

「嗯。」

「公車會很擠嗎？」

「也不至於，但就是很悶熱，光等車就很累人喔。」

「你也很累嗎？」

「當然啊——那天你不也一直在說：『牛仔褲都黏在腿上了！』」

我邊笑邊點頭，盡可能表現得泰然自若，說：

「話說，我考慮過了，等買車之後，車子給你保管。」

「咦？」

「伯母要去醫院的時候，如果你有空，就開車載她去吧。」

「那是指……」

「對，買車的雖然是我，但車子會登記在你名下。」

「不行啦。我不能接受。不能這樣。」

「為什麼？」

「因為……我沒辦法收下啦……」

「我說啊……兩個星期前，在新宿車站和伯母見面的時候，她不是很慢、很慢才走下樓梯嗎。看到她那個樣子……我不知道該怎麼說才好……」

龍太的視線垂落下去，離開了我。

「龍太，我的母親病了八年，在我十四歲時去世。我家在一個超鄉下的地方，沒車的話哪裡都去不了，儘管也是原因之一，不過每次母親要去醫院的時候，我父親一定都會開車載她去喔。龍太你其實也想這麼做的吧？說真的，我們其實也不想讓伯母在這種酷熱難耐的日子裡等公車的，對吧？」

龍太依舊低垂著目光，一言不發。從他靜止不動的額際與後頸浮現汗珠。我繼續說：

「換作是我也不願意，我也不想讓生病的伯母這麼辛苦啊。既然如此，我們不就是一樣的嗎？我們只不過都在期望同一件事而已，所以你就成全她嘛。再說，要是你堅持的話，五十萬的預算裡面，由你來出二十萬不就好了。」

龍太至此才總算重新與我對視。

「我可沒有要你一次付清二十萬喔。如果是一個月付一萬的方式，你應該能負擔？」

「嗯，如果是那樣的話……可是，現在的我，每個月不是已經……」

「所以我不是說過，希望你別再說那種話了。我們不是決定好，要兩個人一起盡力而為了嗎。我覺得有車是必要的。龍太你覺得呢？」

「……有的話確實很好。」

「那就說好了吧。這輛車雖然是我們的，但要由你來挑選喔。在汽車方面，你比我清楚沒錯吧？是說，我們快進去店裡吧。繼續待在外面我都要昏倒了。」

大太陽的無情曝晒，與馬路上窒塞而悶熱的汽車廢氣，加上柏油路的反光，讓我們大汗淋漓得連牛仔褲都染成了深一階的顏色。

我早早就遁逃進有冷氣運作的店裡面。龍太不顧他那件溼得吸不了汗、甚至會滴水的T恤，留在室外挑選汽車，不過最終，他那天決定先觀望。

「我先問問看朋友的門路，把能打聽的全打聽一遍，再看有沒有適合的。」

龍太笑著對我說道，並再次詢問我想要哪種車。我告訴他：

「只要是伯母長時間乘坐也不會累的車，不管哪一種都很好唷。比起那個啊，我現在滿腦子想的都是冰紅茶。我們回車站前去喝杯下午茶吧。」

說完我便伸手攔計程車。

一坐上計程車，龍太立刻牽起我的手。他的手心因為汗溼潤而黏膩。那隻手的熱度，遠比方才為止的黏稠空氣還要來得更加熾熱。

「不喜歡的話，就跟我說。」

「完全不會。」

前往車站的路上嚴重塞車。司機向我們道歉，我表示絲毫不介意時，目光始終停佇在我與龍太相握的手上。

到了車站前的羅多倫咖啡的接待處，龍太對我說：「讓我請客吧。」

他點了兩杯冰紅茶，將手伸進牛仔褲的口袋裡。那些沒抓好的零錢，又一次掉到地上散落開來。

「這都第幾次了啊。就說你該買個錢包了。」

「我就算拿錢包，八成也會像這樣把零錢撒出來喔。」

我對他的回話笑了笑，接過店員遞來的冰紅茶。

兩個月後，龍太買下友人預計折舊出售的車。當我來到約好碰面的北野車站的圓環廣場，像平時一樣以為龍太會從公車下來，因此不停張望公車站牌附近的時候，一輛沒見過的汽車停到我面前，從駕駛座露出一張我相當熟悉的面孔，朝我揮了揮手。

當時的那個笑容，我到現在依然還會想起。

7

我的一位同志友人，和他的戀人分手了。據說，對方會在做愛途中睡著。第一次友人只是一笑置之，第二次要對方小心，第三次發了脾氣，到了第四次雙方大吵一架，聽說就這樣分手了。

在新宿二丁目附近的一間丹尼餐廳內，友人的報告宛如每隔五分鐘便輪番上演牢騷、咒罵和哭訴聲的秀一般，已持續了一個鐘頭。我附和著友人的話語，同時心想：這樣就分手的話，我們已經分手五次了吧。

龍太不分晝夜能接工作就接，其餘的時間用來和我見面，不知從何時起，大多數時候他都在睡覺，對此我一點兒也不訝異。自從買了車，我們先到北野車站會合再兜風的次數是有變多，但是差不多過去三個月之後，我們開到郊外家庭餐廳的寬敞停車場，先讓龍太小睡一小時才進店裡的情況也增加了。看到他那個樣子，我不可能生氣得起來。

而若是把這些告訴友人，感覺會被駁斥：「那你的意思是人家不對嗎？」所以我只是默默地聽著他訴苦。

選擇那種生活的人是龍太，然而讓他做出那種選擇的人是我，所以我對於每次彷彿貪圖夢鄉般睡去，醒來卻又總要一再道歉的龍太，與其生氣，倒不如有種過意不去的心情在。

我們的關係比起戀人更像是共犯。我用手機的相機功能拍下龍太的睡臉，在愛情旅館的床上是從正上方，在車上的副駕駛座就從旁邊，照片早已在雲端硬碟裡累積了好幾十張。事後我仔細地比對，發現睡覺的分明是同一個人，可是每回，照片上那些表情都有著幽微的差異。一個人欣賞著這些畫面，於我而言就好比做愛一般。

二〇〇六年的九月底，我們一如往常在星期日上午到北野車站碰頭。來接我的龍太讓我坐上副駕駛座，才剛發車，他便支支吾吾地說：

「那個啊，我有件事想拜託你……」

「什麼？」

「明天，是我老媽的生日。前陣子我試著問過她，送什麼樣的禮物比較好，她就說想要吃飯。」

「不錯耶。伯母偶爾也該享受一下的。需要我介紹幾間愛店給你們嗎？」

「不是的。她說的是希望你也過來，三個人一起吃飯。所以我現在要開回家裡喔。老媽今天從早上就在準備了。」

不待我回答，車子便在迄今只開過直線的十字路口右轉了。

約莫開了十分鐘以後，龍太將車停到鋪滿碎石的停車場中。

「停車費的開銷不會很大嗎？」

「不會，房東人很好喔，我把老媽的病情據實以告後，幾乎就等於讓我們免費使用了。」

停車場前有棟兩層樓的公寓。估計屋齡有三十年以上了吧？本該潔白的外牆已變得泛黃，到處都覆上一層斑駁的淺灰色。

龍太轉動老舊樣式的銀色圓門把，走進屋內。我打了聲招呼後跟上。玄關的大小大概只容得下五雙鞋，廚房緊鄰隔壁，龍太的母親就在那裡。她一見到我便立刻熄掉鍋子的火，來到我的面前跪坐行禮。

「啊，別這樣，請您快起來。祝您生日快樂。」

「提出這樣無理的請求，您還願意賞臉過來，實在很令人高興。雖然家裡很小，但非常歡迎您來作客。」

餐桌上已擺出好幾道料理，有醬煮鰈魚、海帶芽沙拉、筑前煮（註11）、蒟蒻與烤豆腐的田樂燒（註12）。我就座後，龍太的母親又端來鴻喜菇炊飯，並從剛才熄火的鍋子裡盛起味噌湯，湯裡放了滿滿的南瓜、胡蘿蔔、牛蒡與白蘿蔔等配料。

「明明是以生日的名義邀請您來，卻只準備了這些簡陋的飯菜，還請別見怪。」

伯母說道，似乎真的挺愧疚的樣子，然而對我來說，眼前的一切全都讓人好懷念。母親還在世時，每逢她生日的日子，家裡吃的就是

註11　將雞肉、蔬菜、蒟蒻等食材先以油炒過，再倒入具有鹹味與甜味的調味料，所熬煮成的一道日本九州北部的地方性料理。現今已普及至各地，為新年與宴席時不可或缺的料理。

註12　一種將食材串在竹籤上，抹上加了味醂或砂糖提味的味噌後炙燒的料理。常見食材有豆腐、蒟蒻、茄子和芋頭等等，也稱作味噌田樂。

這樣一頓晚飯；面對這樣一桌菜色，我也明白母親為了控制體脂肪所以沒有準備蛋糕，但我依然會對母親說「生日快樂」。

慶生會相當愉快。每一道清淡的飯菜嘗起來都是那麼雋永深刻。

龍太的母親始終在擔心，不曉得龍太有沒有確實地指導我健身。

「我有好好在工作喔。我有認真在做對吧？齊藤先生。」

龍太賭氣地鼓起臉頰，徵求我的認同。

「『你有認真在工作』的意思……就是說『齊藤沒有認真在健身』是吧？」

龍太聞言臉色一變，想要辯解，我笑著伸手制止他，解釋自己都被龍太囉嗦要注意飲食但完全沒在遵守，自己才是老要和被放棄的危機感戰鬥。

「像今天也是，因為伯母的手藝實在太美味了，我是吃最多的人喔。」

真的嗎……伯母剛想開口卻表情驟變，抬手捂住了嘴巴，這時三疊大（註13）的餐廳被我與龍太的哄堂大笑填滿，受到影響的伯母這才跟著笑得滿臉全是皺紋。

飯後，伯母端出裝在小小的厚玻璃容器裡的布丁。

「這也是伯母您親手做的嗎？」

「嗯，我喜歡做甜點，以前其實也很常烤蛋糕。現在雖然只能做些布丁之類的……」

狹小的廚房裡有些什麼東西，用不著參觀也能立刻理解。那裡沒有烘烤微波爐。我裝作渾然不知的樣子，接下去繼續說：

「手做的布丁很棒耶。」

「對呀，而且，這樣講雖然很招人反感，不過自己做的比起店裡買

註13　三張榻榻米大小。

的便宜很多不是嗎？」

我挖了一匙布丁，剛送入口中，雞蛋的香氣就在頃刻間化開來。

將感想告訴伯母後，她眉開眼笑地說：

「您嘗得出來好讓人開心呀。哪像龍太，打開冰箱門看到只會說『啊，布丁耶』就沒下文了。一點兒感想都沒有。」

她走到電鍋旁的電熱水壺前，往茶壺裡斟滿熱水，替我沏了杯茶。

回程龍太說要送我到車站。我來到玄關，再次向伯母致謝並送上祝福，接著便與龍太走回停車場。

「伯母的手藝非常好耶。」

「對吧？她現在好像還是超愛做菜的樣子。今天很謝謝你。老媽感覺也很高興，太好了。」

龍太坐進車子裡發動引擎，我對他說：

「嗯，話說啊，我筆電的電池要買新的來換了，可以順便去一趟電器行嗎？」

龍太點點頭後，把車開到了附近的家電量販店。

我們很快就找到筆電用的電池，之後便在店裡閒逛起來。隨意地走過液晶電視與汽車衛星導航的展示區域後，一來到廚房家電區，我馬上看到一款白色的烘烤微波爐，旁邊的告示牌寫道：「展示品・僅此一件。本售價不提供宅配服務。」價格不到兩萬日圓。

「欸，龍太。」

「嗯？」

「伯母的生日禮物，我決定好送什麼了。就是這個。」

說完，我指向那臺烘烤微波爐。和預想的一樣，龍太驚慌失措地想要拒絕我的提案。我強硬地表示：「這可不能再讓你說不要或不行喔。」

接著我繼續說道：「自己的生日還好說，但是在別人的生日只當被請客的一方，可不是我的作風。況且這臺烘烤微波爐，不到兩萬日圓喔。沒有貴到需要你搖頭成那個樣子。再說啊，家裡有臺微波爐的話，伯母也會輕鬆很多不是嗎？這臺還有附烤箱的功能。以一個喜歡下廚到會自己烤蛋糕的人來說，家裡沒有烤箱未免太難過了。以前原本有過才對吧？」

「……嗯。後來壞掉了，就沒有再買。」

「那就決定買這臺了。你去跟伯母說，齊藤說他『下次想吃蛋糕』。」

「嗯。」

「這個不能宅配，所以才是這種價格喔。雖然很重，但你就自己搬吧。」

「那倒不算什麼。謝謝你！」

當京王線的電車抵達新宿車站時，龍太傳來簡訊。

「老媽超級開心。我真的也很開心。這是近幾年來，最快樂的一次生日喔。謝謝你！」

那之後幾個月的時間裡，龍太的母親常讓龍太帶甜點給我，諸如胡蘿蔔和香蕉口味的磅蛋糕、擠滿滑順卡士達醬的泡芙、猶如棉花糖般入口即化的戚風蛋糕等等。聽說想讓我的身材再苗條一點兒的龍太與他母親，總是在玄關前發生小小的爭執。

「當然不用多說，我是站在伯母那邊的。」

我會笑著收下蛋糕，再把感想用簡訊傳給龍太。

此外，龍太家也開始不時招待我去作客。如果帶著整尾的雞仔魚過去，龍太就會被伯母派去附近的超市買來迷迭香和月桂葉，再將雞仔魚佐小番茄與杏鮑菇一起送入烤箱，烤得香氣四溢。雞肉用微波爐酒蒸的話，不一會兒工夫便是一道棒棒雞上盤。不僅能看到我送出的禮物在眼前被伯母靈巧地活用，還能聽見她開心地說：「現在可以把多煮的飯分小碗裝起來冷凍保存了。」偶爾，龍太還拿著筷子就打起瞌睡的模樣，更是在轉眼間便成為飯桌上的笑料。

回家的路上，在我望著從公車或電車窗外流逝而過的家家戶戶的期間，總會反覆回味我們三個人共同度過的時光。

我沒有當著他人的面掏出手機拍照的興趣，亦沒有記筆記或寫日記的習慣，取而代之，我會將在那簡樸而豐盛的飯桌上的對話，在心裡頭一再重播。與自己的母親一起吃了些什麼、當下聊了些什麼，所有我還能記得的情景用兩手都數不滿。我已不想再經歷那種悲慘的感覺了。

到母親墳前掃墓時，我最先報告的，變成了龍太和他母親的事。

「現在，我對龍太的母親所做的一切，其實本該是要為妳做的才對呢。不過比起那些，妳真正想聽我報告的應該是結婚的消息才對吧。對不起。」

友人曾經說過，怎麼也無法理解為何我要對著母親的墓道歉。可是，我的父親說了，他說：「那也沒辦法啊。」

父親所說的話語，正確得教人無可奈何。就是只能夠這麼活下去。這也是沒辦法的事啊。

8

鮑德溫（註14）寫的那本《喬凡尼的房間》我已經找了整整一週，可始終不見蹤影。該本書以一九五〇年代的巴黎為舞臺，講述同性戀者們的故事。書中主角常以滔滔不絕的理論來武裝自身的優柔寡斷，那種寂寞的自我陶醉感，在我疲倦的時候尤其像是沐浴身心的麻藥，忍不住便會想要翻開書本一讀再讀。到了三十五歲左右，喜愛的事物依

註14 美國作家，小說家，詩人，劇作家和社會活動家。作為黑人和同性戀者，鮑德溫的不少作品關注二十世紀中葉美國的種族問題和性解放運動。

舊沒變，不曉得這樣究竟是好還是壞。我甚至想不起來是否把書借給別人了，遂決定去書局買一本新的回來。

二〇〇七年初春，龍太母親的病況不甚理想，住院動了手術。出院之際已屆初夏，然而從那陣子開始，龍太在我們約好的日子出不了家門的次數變多了。

他會在約好碰面的一、兩個小時前打電話來說：「抱歉，今天感覺很累。就算起床了身體也還是不太能動。」交往也有三年了，我聽聲音就能曉得他沒有說謊，因此我只是告訴他「那你保重，要好好休息喔」便掛斷了電話。至今依然沒有養成在臨時的空檔自己一個人上健身房的嗜好的我，倒是趁機會不斷增加了閱讀量。之所以會想起《喬凡尼的房間》，也是在某次接到龍太打來的電話後不久的事。

「別勉強自己」。

不過是那麼一句話，我卻無法對他說出口。因為讓他勉強的其中一部分原因正是我。

我曾聽龍太說過，賣身的工作約從下午四點開始，基本上都搭末班電車回家。明知道比較沒有意義，我還是會忍不住去思考，那與現在這份不分冬夏都得在戶外做著高強度體力活的工作，哪一個更辛苦？龍太對於伯母住院與動手術究竟花了多少絕口不提。縱使到了現在，他在收下我的錢時依舊抹不去心中的不自在。那筆費用如果是他能爽快說出口的程度就好了，這麼一來我不知也能輕鬆多少。

二〇〇七年的夏天十分炎熱。空調在暑假前夕壞了，不過比起請人來修理所帶來的麻煩，還不如一直待在外頭更好；要閱讀的話，附近就有一家丹尼餐廳。清晨，從起床的那一刻我便遭到暑氣嚴絲合縫地糾纏。踏出家門後，毒辣的日晒與室外機吹出的熱風鋪天蓋地撲來，有那麼一瞬間險些要把我熱暈。

曝晒在熱開水般的酷暑之中，我想起的是龍太。從他說話的聲音就聽得出身體狀況如何，而他正帶著那樣的身體前往工地吧。

我走進開著冷氣的丹尼餐廳點了喝到飽的飲料吧，隨後望向外面。

但願龍太的身邊也能涼快起來就好了——

一旦我開始浮現這個念頭，就總會在讀到一半時合上書本。透過窗戶所見的室外景色輪廓朦朧，彷彿桑拿裡的蒸氣與熱氣將一切氤氳似的，明明已經差不多要傍晚了，或許是今天格外炎熱的緣故吧。我把讀到一半的書本擱置在桌面上，從皮包裡拿出《喬凡尼的房間》，隨手翻開一頁，出現的是主角的心上人喬凡尼犯下殺人罪，而主角正絕望地等待喬凡尼被執行死刑的場面。不知為何，我沒有心思繼續讀下去，於是將小說重新收進皮包裡，點了一根香菸。

燠熱的夏季結束了，總算迎來不開空調也能做任何事的十月，下班回家時我接到龍太打來的電話。龍太為了這陣子自己身體狀況不佳導致無法見面的事，道了好幾次歉。

「雖然我也擔心你的狀況，不過伯母的身體還好嗎？她出院後我還一直沒去過你們家，有些擔心。」

「嗯，到九月中為止都因為天氣太熱精神不太好，但現在已經沒事了。可能是手術很成功的關係吧，和年初的時候比起來，狀態好很多喔。」

「是喔，那就好。」

「話說啊，我們下次要什麼時候見面呢？下個星期日我有空喔。」

「我也可以。要約在哪裡好呢？去你那裡比較好嗎？」

「你方便的話就太好了。」

「那就十一點見。」

「嗯……欸，浩輔先生，你喜歡我嗎？」

「最喜歡了。」

「嘿嘿嘿。我也是！」

「啊——如果像你一樣這麼帥，會超喜歡自己也很正常吧。」

「……你不挑我語病的話，我會更喜歡你的。」

「哈哈，晚安。今天是等等會去工地嗎？」

「今天不去。我差不多要睡了。」

「那你好好休息吧。」

「嗯，晚安。」

那就是我們最後一次聊天。和往常一樣的通話。不對勁的地方一個也沒有。

隔天的星期二，那時我在公司的工作告了一個段落，正好在附近的中華料理店和同事一起用餐。我從公事包裡拿出手機查看，發現有好幾通未接來電，分別是從不知名的號碼以及龍太的手機撥打過來的。由於我關成靜音模式，所以才沒注意到吧。那支陌生號碼還傳來一封簡訊，我點開查看，裡面寫道：「希望你能回電。」留言的人是龍太的母親。我和身旁的人說一聲後走出店外，回撥過去。經過短暫的嘟嘟聲之後，龍太的母親接起了電話。

「啊，伯母，好久不見。不好意思，還讓妳打來給我。」

「不會，對不起，打了好幾次電話給你……」

我第一次聽到她那麼疲憊的聲音。是身體狀況不好嗎？

「請問怎麼了嗎？」

「那個……那個……」

欲言又止了好幾次以後，她才緩緩說：

「龍太，過世了。」

接下來一段時間所發生的事，我只剩下模糊又零碎的記憶。印象中我重複「咦!?」了好幾次，感覺也有問伯母：「怎麼會!!」她好像是說：「早上看他遲遲沒有起床，所以我跑去叫他，結果人已經在被子裡……」好像還說了：「因為那個孩子真的受到齊藤先生相當多的照顧……」

只不過當伯母麻煩我抄下守靈與告別式的地點，在她告訴我殯儀館的地址到一半的時候，我哭著大喊：「請先等一下！我沒辦法記下來！我做不到！做不到！」隨後又說：「明天，我再打電話過去。我會打電話過去。」說完就掛斷了電話，唯獨這部分我還記得清清楚楚。我在那個時候，想拖延的到底是什麼呢？

回到店裡，我告訴同事，自己接獲熟人過世的消息，提起公事包就搖搖晃晃走出了店家。回到公司時，我的直屬上司還在工作。我向上司提出申請。

「有個幾乎等同我家人的熟人過世了，希望能請特休到週五。」

對於給上司造成麻煩一事表示完歉意後，就在我準備走進電梯時，腳尖被地面與梯廂間的小縫隙絆到，膝蓋以下登時失去重心，沒能重新站穩，腦袋狠狠撞上了電梯內部的牆壁。我在開始向下移動的電梯裡遲緩地爬起來，離開公司後，叫了輛計程車回家。

計程車駛於夜路，身在其中只瞧得見路燈與擦身而過的一輛輛汽車的車頭燈。我看著自己的臉倒映在車窗上，浮現在腦海中的，卻全是這陣子看到的龍太的臉龐。

在那雙眼睛周圍染上的黑眼圈，深邃得好似無論如何也抹消不去。來到我家只要十分鐘就會打響的鼾聲。下車伸懶腰的時候，為了不被我察覺而撇過去的那副痛苦的表情——這些我全部都看在眼裡。然後，全部裝作沒發現的樣子。

計程車開到家門前停下。我還留在晦暗的車子裡，正準備伸手進公事包裡拿出錢包之際，卻摸到了一本書。那是從夏天以來，就一直被收在裡面的《喬凡尼的房間》。那本書已被我反覆讀過無數次，熟稔得甚至能完整背誦出好幾句臺詞。我回想起在家庭餐廳翻開的那一頁。接續在那個場面之後的主角的臺詞，浮現於我黯淡無光的腦海裡。

「我無法不停止去想，將那個男人送到斷頭臺刀口下的正是我。」

我付完錢給司機，好不容易才下了車，讓身體靠到附近一根電線杆上。好想放聲大吼些什麼。想要大吼大叫！就在我這麼想而打開嘴巴的瞬間，破口而出的不是吼叫，而是嘔吐。

不把頭抵在電線杆上就站不穩。好幾次我邊吐邊嗆咳，淚水被逼得奪眶而出，縱使吐完了也仍舊有什麼東西要從體內往上湧。我一直張著嘴，然而從中跑不出任何東西。豈止是叫聲，就連哭聲都發不出來。

〈我無法不停止去想，將那個男人送到斷頭臺刀口下的正是我。〉

不應該對龍太說什麼「辭掉這份工作」的。不該因為自己什麼也不曾為母親做過，就闖入仍在照顧自己母親的龍太的世界。若是我沒有死乞白賴，龍太現在應該還從事賣身的工作吧？原本他今天也會有工作安排才對。這個時候的他應該正以赤裸的胸膛和客人交疊在一起吧。他會以自己的工作為傲，或者厭煩，抑或單純只是把這視為一份工作……無論他在做那些事時懷揣著什麼樣的心情，那根本無所謂，至少他現在還會活著！會為了他的母親活著！

不管等得再久，從我嘴裡再也吐不出任何東西，淚水亦乾涸了。我離開電線杆，扶著一戶戶相鄰的住家外牆走回自己家門口，轉動鑰匙進屋，不脫鞋，不開燈，背靠在玄關臺階的牆上就一屁股坐下去。

不知發呆了多久，我才因為公事包裡傳出的手機震動聲而回神。

是一位從我大學時期就認識的男性友人打來的。我想起週六和對方有約，一接起電話便聽友人表示自己臨時有工作，希望能改期。以我目前的狀態恐怕也無法赴約，思及此，我勉強擠出一句「知道了」。而友人一聽見我的回答，當即就問：

「怎麼了？發生了什麼嗎？」

一時間我答不上話來，於是友人又問了一次。至此我好不容易才開口。

「剛才、龍太的、母親、打了電話、過來。她說他、過世了。」

電話另一端傳出短促的驚呼。友人馬上回我：「怎麼會？」

「聽說、今天、他母親、在棉被裡、發現的。」

「所以說，怎麼會……」友人接續的那句話已不是在提問。用不著回答那個問題，令我有些感激。

接著友人改變了他的問題。

「你現在在哪？」
「家裡。」
「一個人？」
「嗯。」
「我去你那裡吧？」
「沒關係。我自己、會想辦法、處理。不設法、做些什麼也、不行。」

我回答完，就切斷了通話。

僅限於和友人通話的時候，這張原以為什麼都吐不出來的嘴，至少還吐得出幾句話來。每當我道出幾個字詞，身體也跟著一點一點能動了，這讓我稍微鬆了口氣。

打了幾通電話給知道龍太的友人們時，總是重複上演同樣的對話。「你一個人不要緊嗎？」、「不要緊。」每說一句話我便脫掉鞋子，站起來打開屋內的電燈，脫下夾克外套，最後倒進床鋪之中。

陡然間，我想起和我約好「這個月也邀上龍太，四個人一起見個面吧」的友人夫婦。致電到友人家時，接電話的是男方。我先為了這麼晚還打電話過去道歉，隨後才說：

「那個……我不是有個交往對象，叫龍太嗎？」

「嗯，之前說過最近可以見個面。差不多該決定要約哪天了吧。」

「抱歉，沒辦法讓恆二你們見他了。」

「嗯？難道……你們分手了？」

「……算是吧……剛才，我接到龍太母親的聯絡，說龍太過世了。」

恆二只「咦！」了一聲就沒繼續說下去。猜想著他等等應該就會問「怎麼會」，我做好回答的準備，結果，恆二完全跳過了那類的對話，他問我：

「浩輔，你現在在家嗎？」

「……嗯。」

「晚點有要去哪嗎？還是有別人會去你家？」

「沒有。」

「那你馬上過來我們這裡。」

這回輪到我啞口無言。我的沉默持續了一段時間，恆二像是感到不耐煩的樣子，大聲重複了一遍。

「現在馬上來我們家。」

我總算出聲回話。

「不用啦。你還要工作吧。」

「現在是說那種話的時候嗎！」

緊接著，更大聲的喝斥在我耳邊響起。

「你要是在顧慮我們，那就大錯特錯。守靈是什麼時候？」

「後天，印象中是這樣說的……」

「你馬上來。我工作的地方離家裡很近，千秋也可以一直陪著你。這樣知道了嗎，你馬上去叫計程車。」

他如此說道。

不確定是被他的氣勢懾服的關係，又或者我在這之前對友人們所說的「一個人不要緊」，實則只是在逞強而已，不過我還記得，原先只在嘔吐時才會淌下的眼淚，在聽到恆二的話語之後再一次湧了出來。

我使盡力氣擠出聲音。

「嗯……我會過去……」

恆二旋即又說：

「鎖好家裡的門就馬上過來。錢包之類的忘了也無所謂，只要你手機不離身就好。你沒搭計程車來我家過吧？坐上車後就把手機拿給司機，我會說明怎麼過來。聽好了，你要馬上去搭車喔。」

語畢，他掛斷了電話。我依然緊緊抓著手機從被窩爬出去，穿外套時也沒放手，鎖上玄關門就離開家了。

我招來一輛計程車，宛若一具依照程式行動的機器人般，立刻撥電話給恆二的手機，再轉給司機接聽。司機結束通話後僅是簡短地說：「手機還給您。謝謝。」

接下來開車的期間始終不發一語。也許他原本就是位寡言的司機，或者過去他曾載過像我這樣，明明沒喝醉卻失落得連路線都無法說明清楚的乘客，又或者在剛才的電話裡恆二有交代了些什麼，不管是哪一種情況，總之我非常感謝這段沉默。

開了約莫一個小時之後，計程車才停下來。車子旁邊正站著友人夫婦。千秋打開副駕駛座的門付錢給司機，恆二把我抱下了車。

「你很難受吧，很痛苦吧。這段期間我們會陪著你，沒有關係。」

摟著我肩膀的恆二在我耳畔大聲說。聽著他的話語，不知為何我的雙腿頓時失去力氣，險些沒有當場癱軟在地。恆二將手伸進我的兩邊腋下支撐住我，又一次，重複了那番話。見到這兩個人的臉，我終於在得知噩耗以後，頭一次大叫了出來。隨著每一次失聲吼叫，淚水都像崩潰似地滿溢而出。即使進了友人夫婦的家裡，我也仍然在兩人的面前，猶如赤子，猶如野獸那般哭了好一會兒。

9

我徹夜未眠，過中午以後，打電話聯絡了龍太的母親。接起電話的伯母說道：

「一聽見你的聲音，眼淚就要跑出來了。」

之後她告訴我隔天守靈與後天公祭的時辰、殯儀館的名稱、地址和電話號碼。結束通話後，我握緊手機哭了好一陣子。千秋一直從旁輕撫著我的肩膀。

可以的話，守靈跟公祭我都不想出席。我曾對龍太說過：「你和我是一樣的。」但是，龍太並不是我。儘管他是我的戀人，卻也是個沒有血緣關係的他人。是我擅自對他人的母親抱有強烈的執著，擅自涉足他人的生活，擅自剝奪了他人的睡眠時間。我所做的一切，到頭來，不過是造就出一名二十七歲便留下生病的母親撒手人寰的男人，以及一名失去孝順兒子，病痛纏身的女人罷了。

我想要謝罪……可是，要怎麼做？

龍太的母親，恐怕沒有想過我會是他兒子的戀人吧。她應該沒料到兒子工作上認識的人，背地裡竟然以兒子戀人的身分自居，甚至把他們的人生摧毀得一塌糊塗。

家屬席除了龍太的母親以外，多半還會坐著其他人，就算見到一個男人無視喪禮儀式對他們磕頭謝罪，不明就裡的家屬們也只會感到困惑吧。倘若想解釋自己磕頭所代表的含意，那也不過是在昭告眾人，龍太交往的對象是個男人，以及他曾靠賣身在賺錢，這兩個他一直以來隱瞞的祕密。無論以哪種方法做什麼，我的謝罪都只會毀掉喪禮，侮辱龍太的母親與其家屬的悲傷——

這段時間千秋與恆二必定會留下其中一人陪著我，而我就僅僅是坐在沙發上，被陷入死循環的思考囚困住，要不是哭就是發抖，沒有聚焦的雙眼不知在望著什麼地方。我明白自己該做的事只有一件。別想要為了區區的自我滿足而去謝什麼罪，不要給龍太的親屬們添亂，只要去告別式上香並等到所有流程結束，再搭計程車回家即可。只要這樣就好，在明天，幾個小時內如此實行一遍就行。想責備自己的話，等喪禮結束後要怎麼盡情責備都可以。在此之前的我向來認為，要將明白的道理付諸行動是很輕而易舉的事，然而當時，等到我實際下定決心的時候，天都已經亮了。

守靈當天，我向恆二與千秋道過謝便離開他們家。那兩人陪著我一起走到車站。在剪票口與他們分手後，我搭上電車，回到家裡想換一套黑色西裝。結果我想不起來襯衫要怎麼穿，打了好幾次依舊失敗的領帶讓我束手無策。走出恆二他們家的時候分明還有相當充裕的時間才對，可是當我抵達北野車站，守靈早已開始了。我在車站前叫計程車，遞出寫有殯儀館名字與地址的紙條給司機看過，計程車便在司機簡短回應的同時駛上道路。

到了殯儀館就會發現一切全是場騙局——直到最終，我仍隱隱懷有那種期待。

「到了。」我在司機停車的地方下車，出現在眼前的殯儀館入口立了張看板，上頭寫了龍太的名字，見狀，我無力地癱坐到人行道的花圃上。入口處負責引導的人員慌忙趕了過來。

「請問還好嗎？」

「沒事，不好意思。」

我緩緩地站起來。沒錯，必須表現出沒事的樣子才行。我不是已經決定好，要在這個地方以死者職場上的熟人身分來行動嗎？我並沒有在這個地方悲傷的權利不是嗎？

我打開大門進入殯儀館。到接待處遞交奠儀簽到之時，手中的筆顫抖得字跡都亂了。我轉向誦經的地方看過去，小小的禮廳內坐了約莫二十個人，除此以外的人們已在排隊上香。走進禮廳，向家屬席鞠躬致意，上香，面對龍太的照片雙掌合十祭奠，再沿著會場動線走出來——明明只不過是幾道流程，我的腳卻僵硬得動彈不得。等到被接待處人員催促，好不容易才排進隊伍裡時，我的身後一個人也沒有。

隨著隊伍往前進，擺在祭壇上那張身穿夾克外套的龍太的笑臉，時不時躍進我的視野中，讓我不得不改盯著前面人的腳後跟看。當我注意到那件夾克，是我有些強迫地買來送給龍太的生日禮物時，低垂的雙眼霎時有如壞掉的水龍頭，眼淚一滴又一滴落到了地上。我掏出口袋裡的手帕遮住臉。在一片魆黑的世界裡，自己的聲音化為文字浮現眼前。

對不起——

那句自己在母親的佛壇與墓前合十時總是反覆唸叨的話語，發出一種像是用椅子撞破門板的聲音，響徹我的腦海。為什麼，我就只能選擇對先死去的人道歉的生存方式活著？為什麼我只能讓龍太和他母親經歷這種事？

輪到我上香了。龍太的母親坐在祭壇一側的家屬席裡，以手帕掩住嘴。我怎麼也沒有辦法與她對視，行禮時避開了她的目光。

這就是最後了。因為是最後，才更要普通地做為一名「龍太工作上的熟人」，表現出恰當的舉止完成儀式。即使我沒辦法止住淚水，起碼也要讓喪禮順利落幕才行。

我站到香案前，面對祭壇行鞠躬禮。指尖顫抖得拈不起香灰。好不容易總算拈了起來，我把香灰撒入香爐，合十雙掌。

腦海中僅僅冒出「對不起」三個字。可是，若是把這句話道出口，也只會為難毫不知情的伯母與其他家屬而已。我死死咬緊嘴脣，幾乎要咬出血來，再度轉身向家屬席行過一禮，沿著原路折返回去。來到與椅子相鄰的那個牆角後轉彎，接下來直走就能離開禮廳。明明曉得該怎麼走，雙腿卻不聽使喚。地板在打轉——

我的雙腿一軟，當場跌倒在地。就算想用力站起來，那股力氣卻抬不動手或腳，被逼出來的就只有眼淚。明知不能這個樣子，我還是用兩手捂住臉，放聲哭了起來。我一面在心裡向龍太、伯母和他的家屬們道歉，一面不停地失聲痛哭。

驀地，有誰從後面抱住我的身體兩側。小小的一雙手，弱不禁風的力量。我往回查看，映入眼簾的是哭得一場糊塗的伯母。我趕緊轉回來把頭低下去。我認為，自己就連見到那張臉的資格都不配擁有。必須盡快站起來離開才行。我深知該怎麼做，可仍然握上她的手，打破了自己立下的決心。

「對不起，對不起，對不起——」

從屏棄限制的嘴裡發出細如蚊蚋的聲音，吐露的全是同一句話。倒反的瓶子裡所流出的水無法收回。我收不回這些話，可仍舊停不下來。

「為什麼要道歉？為什麼是你不得不道歉呢？」

伯母一邊摩挲著我的背，一邊在我耳畔低語。對於那些問句，我不可能答得出話來。這不是「要從哪裡開始解釋」的問題，而是我與龍太之間，只存在不能夠解釋的關係。我除了任憑涕泗橫流並一味地重複「對不起、對不起」之外別無他法。

「請不要道歉，拜託了。不要道歉。我其實知道的。我知道你深愛著龍太。」

那道聲音細微得幾乎讓我以為是聽錯了。我詫異地抬起頭，轉過去看時，只見伯母哭著一連點了好幾次頭。

「好嗎？我知道的。如果你向我道歉的話，最傷心的人莫過於龍太了。」

伯母對我所說的話語，是那麼的小聲，附近應該沒有任何一個人聽見吧。

——在母親死後，上學去到的那個教室裡，我發誓與其永遠夢想無法得手的幸福，不如為了抓住其他可能獲得的幸福而奔走。一直以來，自己都是抱著那種想法活到今天的。對我而言獲得的東西確實全是重要的事物，然而我在母親的墓前與佛壇前總是在道歉。

我一直認為，母親絕不可能對我和龍太的交往由衷感到開心。我根本不相信那個世界的存在，也明白自己的聲音傳達不過去。縱使如此，除了道歉以外，我不知道還能怎麼面對母親。

我從來不曾想過，有天能聽見「母親」對我那麼說。我一直認為不能夠存有幻想。

我開口想要回覆伯母，卻說不出話來。就像個傻瓜一樣，唯有一個勁地張開嘴巴，一個勁地點頭哭泣。在這個為了送戀人最後一面而來到的地方，我所淌下的淚已不只是為了哀悼戀人，這樣的自己是多麼無藥可救的愚蠢又不謹慎。可是，已經停不下來了。將我被刨挖開的部分填滿的，是那些我曾經認定哪怕只是做夢也會遭天譴的話語。

我們兩個人攙扶著彼此站起來時，伯母頂著那張濡溼的臉對我輕聲說：

「請先別離開。我還有好多話想和你說。好嗎？拜託了，請你先別回去。」

我點點頭，拚了命將踉蹌的腳步踩穩走出禮廳。

等到淚水乾涸，已是半夜守靈結束之際，我被帶至款待賓客用的小房間內，揀了角落的座位入座，就在我失魂落魄地喝著茶時，伯母走進來開始向出席者們一一致謝。在她同樣和我表示過謝意後，即將步出房門時向我使了眼色。為了不引起其他人的注意，我慢慢站起來走出房間，跟隨在她身後走了一段路，來到殯儀館的外面。秋天的夜風沁入了這具哭得精疲力竭的身體裡。

「今天謝謝你撥冗出席。」

確認過四周沒有其他人之後，伯母重新改回一般的音量說話。我支吾著微微行了一禮。「不會……」並問了上香時就一直在意的問題。

「那個……請問伯母是、什麼時候……」

眼前的伯母臉上彷彿浮現出淺淺的笑意。

「還記得初次和你見面的時候嗎？在新宿車站……」

「記得……伯母妳在京王線的剪票口那裡，一直目送著我去山手線的月臺……」

「對、對。不過，那天呀，不願離開的人不是我，而是龍太。那個時候，我就隱約覺得了。」

「原來是這樣嗎……」

「在以前呀，龍太這孩子，會經常露出一種好像很苦澀的表情去工作。是從認識你之後唷，他出門的表情才開始開朗了起來，也會高高興興地帶著你給的魚回家。他開心成那個樣子的表情，從他高中退學以後我就再也沒見過了。所以，大概半年前我問過他了…『那個人就是你重要的人對吧？』」

「龍太是怎麼回答的……」

「他嚇了很大一跳呢，好久都答不出話來。所以，我就和他說：『無論對方是男是女都無所謂，如果你真的找到了重要的人，那就是最好的，不是嗎？』」

「但是……伯母妳這樣沒關係嗎？」

「……老實說呀，起先我……怎麼說好呢……在和龍太確認以前，我大概煩惱了兩個月有吧。只是呀，果然自己的孩子可以幸福的話，那就是最好的啊。我考慮過很多，不過，最終期望的就只有這樣而已……我說完這些以後，龍太點了點頭。但是很不可思議呢，龍太當時也和你一樣喔。他哭著點頭，說了好幾次『對不起』。聽到孩子像那樣道歉，做母親的，其實只會覺得難受而已呀。」

她還未說完話，淚水已浸滿了我的眼眶。我用雙手捂住臉，壓抑著聲音不停地哭。每次伯母用手溫柔地撫過我的肩膀與後背，眼淚就只增不減。

她繼續輕撫我的背，一邊說：

「我想那個孩子也背負了很多事才對。那之後又經過一會兒，龍太才靜靜地開口說：『是浩輔先生拯救了我。』他還說：『媽，這個世界上不全是地獄喔。』真的非常感謝你。謝謝你。」

我搖搖頭，依舊沒有放下覆住臉的手，費盡了力氣最終只能說：

「我什麼也沒有做。我什麼都沒能做到。」

三年前，我抱著「是我的話也許可以拯救龍太」這種傲慢至極的想法，去到龍太工作的那個房間。直到今日，被拯救的人卻是我。是我被龍太和這個人拯救了。

等到這場守靈結束以後，就要結束一切——我忘了自己發過的誓言，握住伯母的手，問：

「伯母，以後我還能再到府上打擾嗎？」

她的那張臉上笑中帶著淚水，說：

「當然好呀。除了你之外，也沒有其他人可以陪我聊聊龍太的事了嘛。」

伯母回握住我的手。我就這樣，低頭深深行了一禮。

隨著晚風拂乾淚痕，夜裡的冷空氣悄然而至。伯母那雙既瘦小又滿布皺紋的手，已經比我的還要冰冷許多。我用自己的手將之包覆起來搓揉。直到伯母的手回溫了，我們第一次對著彼此破涕為笑，之後我才搭上計程車。

車子出發了一陣子後我回過頭去看，伯母依然站在原地，望向我這裡。

10

肥肝是藉由強迫鵝吞食玉米漿，使其肝臟囤養出豐厚的脂肪來製成的食材，應該大多數人都曉得吧。而倘若想提高肥肝的美味程度，就必須在撬開鵝的喉嚨強制餵食的期間，溫柔撫摸牠的脖子，不停地和牠說話。幾年前得知這件事的時候，我相當震驚。其中究竟能否說是有愛情存在，我無從斷言。

從得知龍太身亡的消息到參加守靈的不久之前，我吃飯的時候必定會有恆二和千秋坐在面前陪著我。他們會在盤子裡盛好兩、三口的飯菜遞給我，看著我花上十分鐘才把飯菜吃下肚，然後馬上替我往空掉的盤子裡添入相同的分量——碗子（註15）義大利菜、碗子相撲火鍋、碗子卡納佩（註16）……全部都是我在當時第一次體驗到的。

我對著他們兩個苦笑。

「你們是打算用人類來做肥肝嗎？」

直到參加完守靈的幾天過後，我才想到當時是我自從接獲噩耗以來，第一次笑出來。而且在我用餐的期間，那兩人也不停地用溫柔的語調，和我說些在不知情的人耳中聽來，大概只覺得過於空泛而零

註15 此處作者以「碗子蕎麥麵」來比喻恒二和千秋替他添飯的方式。碗子蕎麥麵發源於日本岩手縣。最初店家端給客人的蕎麥麵僅有小碗裝盛的一口份量，待客人吃完，侍者便會倒入新一口的蕎麥麵至碗中，如此重複直到吃飽為止乃是其特色。

註16 法式開胃菜點心的一種。通常以一小片麵包或薄片餅乾來盛放鹹食，做成方便拿取且一口就能吃完的大小。

碎、甚至聽過就忘的話語，可在那些話當中沒有絲毫的尖銳或者刺激性。倘若那不是愛情，那還能是什麼呢？

不管是愛或者是溫柔又或者是情意，我總是晚一步才感受到。問題並非出在別人身上，而是我的感覺遲鈍。

我不曉得龍太遺留給我的究竟能否算是愛。就連過去自己所做的一切，也不明白那是否出自於愛。我沒有判斷這些的能力。但是，龍太所留下的，並透過他的母親帶給我的情感，確實讓我得以重返普通的生活——更正確地說，那讓我設法假裝回到了普通的生活狀態。

我就好像是孩童在印成薄薄一本的習字簿上臨摹，練習抄寫漢字那般，工作、吃飯、睡覺。若是少了那份情，即便只是這樣的日子我也無以為繼。

我和龍太的母親約好不再道歉。只是這樣一來，我該做些什麼來替代道歉才好？

守靈結束後過了一個月，我去拜訪了龍太的母親。六疊大的起居室一隅，有個及腰的衣櫃，遺照與骨灰罈被擺在那上方。旁邊供奉的三朵小菊花，在十一月夕陽的映照下枯了大半。當我還是高中生的時候，從放學回家的路上買過好幾次供給母親的鮮花。雖然是鄉下的蔬果店，一束七、八朵的菊花也要五百日圓上下。無法為逝世的親人買下那種價位的花做更換，該會是多麼辛酸的一件事。可是，假如把這種想法表現在臉上，感覺伯母只會更加難受，因此我只是默默地替龍太上香、合十。

伯母提來加熱過的煮水壺，往茶壺裡注入熱水泡茶。我則拿出事先買好的和菓子。

「哎呀，是栗金團（註17）。」

註17 將蒸過的生栗子取出果肉佐以砂糖加熱，再將熱騰騰的栗子泥隔著茶巾，捏製成栗子形狀的甜點。外觀質樸，為代表秋季的和菓子之一。

「是的，小布施堂的。以前，我有讓龍太帶回家……」

「嗯，我記得。那個時候，我一次就吃了三還四個呢。」

「龍太有傳簡訊過來，他當時說：『食量變小的老媽吃了好多，我好開心。』」

「你是因為記得這件事，所以今天才又買來嗎？」

我笑著點了點頭，從盒子裡拿了兩塊出來。

「加上龍太，三個人一起吃栗金團還是第一次呢。」

我說著，將栗金團擺到龍太的遺照前。

和伯母聊天，於我而言是一種復健。如果可以的話，但願對伯母而言也是。在我們滔滔不絕地聊起和龍太相處的回憶的過程中，伯母提過這件事。

「在龍太遇到齊藤先生以前，肯定因為我的關係，有過相當難受的一段時期吧。我在想，或許他一直在做不想做的工作也說不定……」

唯獨那個時候，讓我緊張得屏住呼吸。我集中精神，並小心不讓伯母察覺，回答時慎選用詞。

「他也沒和我提過工作的內容，不過，龍太這樣說過喔：『工作雖然辛苦，但是我不後悔。』任性的向來都是我。」

伯母握起我的手，喃喃地低聲說道：「謝謝你。」

她伸手拿起第二個栗金團。

「這個，真的很美味耶。自從龍太過世以後，像這樣自己主動想吃點兒什麼，還是頭一次。」

「正好現在是栗子的季節呢。啊，伯母，妳有和龍太一起去摘過水梨跟葡萄對嗎？現在是和朋友們一起……」

「有呀有呀。大概前天吧，朋友才打電話過來邀請我。『就當作換換心情也好，我們一起去巴士一日遊嘛。』」

「那不是很好嗎？那位朋友是醫療方面的從業人員對吧？之前龍太

是這樣跟我說的。當天來回的話，體力上也……」

伯母露出一抹曖昧的笑意。「啊，我再去替你倒杯茶吧。」說完便朝廚房走去，重新替煮水壺加熱。

話題中斷後，在這個連電視也沒開的室內，徒有爐火聲作響。不到傍晚六點，窗外便化作帶灰的紫色。儘管如此，伯母也沒有打開電燈開關。我回憶起三個人第一次圍著桌子舉行的那個美好的慶生會。那天飯後，伯母用電熱水壺倒熱水給茶壺，替我沏了杯茶——

我去到廚房旁邊的玄關，對伯母說：

「那個，伯母，其實我會抽菸喔，但龍太很討厭這樣就是了。當然我不會在生病的伯母妳面前抽，不過在熱水燒開以前，我可以到外面抽一根嗎？」

伯母朝我笑了一笑。「嗯。」我亦報以微笑。

「我的菸沒了，會先去一趟超商再回來。」

我邊說邊穿上外出鞋。

從公寓步行一分鐘來到超商，我買了長方形的牛皮信封，又從提款機領了三十萬出來，將鈔票裝入信封袋中，再把信封袋塞進夾克外套胸前的內側口袋。之後我立刻折返回去。

打開門，伯母已從廚房回到了起居室。低矮的夾板桌面上，新沖泡的茶面熱氣蒸蒸。

我一到對面的位置坐下，伯母便以「可以問些比較私人的問題嗎？」為開場白，問我：

「記得你的母親已經……」

「對，在我十四歲的時候。」

伯母的視線越過了我的肩頭，好似在望著某個遙遠的地方。

「這樣啊……我啊，三歲的時候與自己的母親死別，所以我沒什麼關於母親的記憶呢。生下龍太以後，我原本打算要用自己的方式拚盡全力扶養他長大，可不知是因為自己沒有和母親的共同回憶嗎……我一直在想，身為一名母親，帶給孩子這麼多麻煩真的好嗎？」

伯母深深地呼吸了一口氣，筆直地看向我，繼續說：

「龍太有說過什麼嗎？他是怎麼說我的？拜託你，老實回答我。」

冷不防的，腦海中浮現出母親留下的那封信上的文字。

對不起。真的很抱歉。

我死命忍住極欲奪眶的淚水。這個人，不也和我的母親一樣嗎？不是只有久病纏身而已，就連為了自己虛弱的身子而不斷地向身邊所有人道歉這點也是，同樣和母親分毫不差。

我伸出右手，覆上交疊放在桌面上的伯母的雙手。

「龍太和我說過，被自己母親道歉是最難受的事。我也覺得，最悲傷的莫過於讓自己的母親產生那種想法了。在我得知彼此都這麼想過的時候，龍太對我來說，比起戀人，更有一種雙胞胎弟弟的感覺。」

伯母說著「是嗎……這樣啊……」，靜靜地流下了眼淚。我曉得不把手挪開的話，她便無法拭淚，而我只是伸出另一隻手，將伯母的雙手完全包覆起來，不停地摩挲著。沒辦法抹去淚水的人，還有我。

外頭的暮色浸滿了天幕。在我回去以前，還有件事要做。我擦乾眼淚，與伯母相視而笑並告別。將握著伯母的手抽回以後，就這麼順勢從內口袋取出信封袋，擺到了我們兩人的中間。

「這個是……？」

伯母問我。我答不上話，僅是將信封塞進伯母的手裡。

伯母看了一眼袋口，旋即變了臉色。

「怎麼能這樣，我不能收下。」

她把信封袋推回我面前。

我重新跪坐回來，面對伯母。

「伯母，龍太為了妳很努力，我也有幫助那樣的龍太。現在龍太不在了，就不能由我來幫伯母妳的忙嗎？如今比起戀人更像是弟弟的存在不在了，做兄長的想要代替弟弟做些什麼，難道不可以嗎？」

對著始終垂下頭的伯母，我繼續說：

「老實說，其實這三年來，我都有像這樣資助龍太，雖然不到這麼多數目。」

伯母詫異得抬起了臉。我將雙手撐在地上，一字一句清楚地對伯母說：

「不是龍太主動開口，是我向他提議的。我和他說，與其繼續做些亂來的工作，不如我們一起加油吧。現在要我因為龍太不在了，就當作一切都沒發生過，恕我辦不到。畢竟，還有伯母妳在。妳還在這裡啊。」

伯母注視著我，眼淚撲簌簌地滑過臉頰。

「伯母妳剛才說過，不知道做為一名母親該怎麼做才是對的，但我何嘗不是今後也不會為人父母，所以不知道嗎。何況我更不懂事，面對這種時候除了出錢不曉得還能怎麼做才好。可是，我能代替龍太做些什麼，這讓我有一點兒高興。如果伯母妳也能和朋友一起去一日遊，哪怕只有一點兒時間也罷，可以吃上好料就太好了。這樣難道不好嗎？雖然這種說法不好，不過相仿的人們可以藉由這種『一點兒』來維繫起彼此的話，不是很好嗎？」

直到我說到這個分上，伯母才終於慎重地用兩手接過信封袋。

「對不起，真的對你很不好意思。」

她說。我馬上盡可能用開玩笑的口氣回她：

「我不是說過了嗎？不管是龍太還是我，被母親道歉的話都會覺得難受。」

伯母於是破涕為笑，說道：

「說得也是。我不繼續道歉了。謝謝你。實在非常謝謝你。」

我回絕了出席納骨儀式的邀請。儘管伯母請我務必參加，不過我有工作在身，況且我也不樂意因為現場只有自己一個外人出席而被其他家屬責問。納骨儀式結束後的兩個星期，伯母替我帶路到龍太的墳前上香。當我們兩個回到龍太的公寓，待在開了燈的明亮屋內時，她給了我一個仿造拼木工藝的手機掛繩，和一雙赭紅色的漆筷，說是巴士一日遊的紀念品。據伯母所言，那是她在納骨儀式後和友人結伴去的。

伯母拿出沖洗好的照片和我分享，只見畫面中的她被兩名年齡相仿的女性簇擁著，喜笑顏開的模樣。或許那並非發自內心的笑容，可她確實在笑。我看完照片，背著伯母鬆了口氣，並當場換上那條手機掛繩。

如今，掛繩已經斷裂得差不多了，但是我還無法下定決心買新的替換。

11

每兩個月一次拿二十萬給伯母。每個月一到兩次和伯母一起下廚，開動前先盛起龍太的那一份擺到飯桌上，再一起吃飯。喝茶時順便聊聊關於龍太的往事。我認為這樣已很滿足。

在超商或書店的收銀接待處結帳時，我誤把錢包裡的零錢撒出來的次數變多了。每回遇到這種時候，龍太那個動不動弄掉零錢的身影就會從記憶裡復甦。一旦回想起來，我不是想哭就是會想吐，可我止不住每次打開錢包就勢必要震顫的手指。我總是趴到地上拾起散落的零錢，向其他幫我一起撿的人們道謝，再快步跑進廁所。我成了一個會躲在外面單間廁所哭的人。

不過，只要和伯母見上一面，之後的一段時間裡，我就能暫時改掉在人前掉淚的毛病。即使不用無法入口的烈酒來穩定自己情緒，也睡得著了。就算內心裡十分清楚這是自作多情，我也依然相信伯母和我一樣。

通常等飯後聊到一個段落，我就會讓伯母休息，由我來洗餐具。洗完餐具打開換氣扇，從那底下拿出香菸，抽了兩、三根之後再回去偷看伯母的狀況，便能聽到伯母發出代表熟睡，輕輕的呼吸聲。平常的她肯定非常淺眠。我輕輕踮腳走到伯母身旁坐下，一面望著窗外從淡紫幻化成炭灰色，再轉為墨色的風景，一面聽著那道呼吸聲，不知不覺中視野所及的輪廓亦跟著消弭。等到再度回過神的時候，才發覺我側躺在棉被旁邊睡著了。

有時醒來已錯過末班電車，伯母便會勸我留宿一晚。我道過謝，從壁櫥中搬出棉被與枕頭，關掉電燈躺進被窩裡，這回卻因為上面還隱約殘留著龍太的氣味而一路失眠到早上。搞不清楚究竟是傷心抑或是覺得懷念，我只是拚了命地忍住聲音一直哭。只不過，自己房裡的枕頭套自從龍太死後就捨不得換洗了，比起把臉埋在那上面哭泣，留宿時所流下的淚水遠要甘甜得多。

龍太辭世後過去十個月，來到二〇〇八年的夏天，我提議要和伯母一起生活，之所以這麼提，並非出於什麼了不起的情操，單純只是因為存款快見底了。與其兩個人各自生活，不如同住一個屋簷下還能減少開銷。當然，我對這件事隻字未提，邀請伯母時只說：

「出了什麼狀況的話，身邊有人在也比較方便吧？」

對此伯母一再地表示感謝，然而她接下去卻說：「再讓你為我做更多的話會遭天譴的。」

「請別覺得會遭什麼天譴。聽到伯母妳這麼說，真的會很難受……」

「對不起……但是……我也只能這麼說了。」

「說什麼只能這麼說，我不接受。請用我也能理解的話來回覆我。」

面對不肯罷休的我，伯母陷入沉默。屋子裡只剩下持續轉動的電風扇、將空氣震顫的溫吞的風，以及撞破紗窗闖進來的蟬聲。

經過一陣子的沉默以後，伯母別過臉去，以若有似無的聲音說道：

「一次就好了。請你體諒我的任性……」

我錯愕得失去了言語。嘈雜如雨的蟬聲放大成好幾倍的嗡鳴響徹腦海。

的確，我是因為自己想要得救，才屢次拜訪這間屋子。但是在此之前，我一直深信「伯母多少也有因為我而得到救贖」。

我像個傻瓜一樣癱坐在地，伯母面對我，低下頭重重行了一禮，她的頭幾乎快磕到了地板，然而低頭的同時她說的卻是：「錢的方面也是，請你不用再為我操心了。」

我被逼得走投無路。一股猛烈的淒涼感朝我襲來，緊接著，是我對於自己的吃驚。我並沒有期許自己可以成為她的孩子，或者完美扮演成龍太來取代他，明明一直是這麼自認為的，但在接連被拒絕了一起住和往後的資助以後，我竟產生一種完全被趕出龍太母親的世界的感覺。

我回不出話來，只是遲鈍地拖著雙腿站起來，到玄關穿鞋，連招呼也沒打就開門離去。鋪天蓋地而來的煩人蟬鳴奪去了我的力氣。我用盡全力走到看不見公寓的轉角，再走五分鐘就能抵達公車站，我卻虛脫地倚靠在別人家的水泥外牆上。隔著T恤後背傳來刺骨的熱度，轉眼間我已渾身是汗。點了根香菸想要整頓思緒，眼睛卻刺得發疼，不知是被煙嗆的還是汗水滲進去的緣故，又或是與之截然不同的水分所造成的，我一心在意著這些，搞得自己無計可施。我在那裡一直坐到日落，結果，接下來的幾天都在嚴重的頭痛中度過。儘管明白這麼做實在顯得心胸狹隘，可之後的一段時間別說是拜訪那間公寓，我連打電話的勇氣都沒有。

很顯然的，無論再怎麼花言巧語地修飾，我也絕不是單純因為替她著想才願意出錢資助。從前對龍太所做的那些也一樣。我用錢買下龍太，又用錢買了與伯母相處的時間。即使有人把這稱之為契約，亦不足為奇。

而在死了一個人以後，我也只會對重要的人重複同樣的作為。毫無長進，不費任何心力，絲毫不去尋找新的發現，只會在同一個地方用同一個角度憑著蠻力繼續挖鑿。我就像是個只會從事單調工作的廉價鑽頭。這樣的行為不可能是愛。感覺上，那些能將自己的所作所為毫不猶豫稱之為「愛」的人，與我所住的世界並不相同。

由我提出的契約，被龍太接受了，而在他死後，伯母在中途選擇解除。就是這麼一回事。原本我便決定，參加完龍太的喪禮就要把一切都結束掉。光是這段關係得以延續到現在，不就已經很幸運了嗎？已經夠了。從今以後，就只把錢用在自己身上吧。

我要去表參道之丘買牛仔褲和T恤，去好久沒去過的愛店吃飯，還要和友人去臺灣旅行。但是這一切已然比不上遇見龍太前的日子，成了單調的娛樂。夏天徒有茫無邊際的漫長。

九月底伯母來了聯絡，邀請我十月忌日那天一起去掃墓，當時我就好像突然找回了視野中的色彩似的。聽見她的嗓音意外地開朗，也很令我高興。十月中旬，掃墓結束後我們一起回到那間公寓，伯母將衣櫃上的龍太照片移到起居室桌上，說：「我有話想和你說。」

隨後讓我坐下。伯母跪坐著說道：

「龍太也是，我也是，至今以來實在非常感謝你的照顧。」

她低下頭去深深行了一禮。

「那個，前陣子我不是說過，『錢的方面就不用再為我操心了』。」

她說道。見到我點頭以後，才繼續話題。

「我一直有在申請，直到上個月，才拿到生活補助的資格，以後醫藥費可以免除了唷。獨立……這麼形容很奇怪吧，畢竟換成了國家在照顧我，不過，這下子總算可以從你身邊獨立了。以前和你說好了，所以我也決定不再向你道歉，可是只有這一次就好，至今為止真的老是在給你添麻煩，對不起。還有，我想再一次感謝你，真的十分謝謝你。」

我的肩膀流失了力氣，鬆懈成一坨無力的泥團。「原來是這樣嗎……」我只說出這麼一句話，便沒了後續。此時的我應該是一臉呆滯的模樣吧，伯母見狀，咯咯地笑出來問：「怎麼了嗎？」

「也沒有……只是在被告知『不用再給錢』的時候，其實我有點失落。」

「咦？為什麼呢？」

「有一瞬間，我以為與其說是不需要我的幫助，其實是在說我造成了相當大的困擾……」

聽見我的回答以後，伯母斂起了笑意，一眨不眨地注視著我。

「拜託你，再也不要說出那種話。我真的非常喜歡你。你深愛著龍太，還有沒有會錯意的話，你對我也有著深深的愛吧，這些我都清楚。但是我覺得，不可以再這麼和你撒嬌下去了呀。」

「這不是愛喔。應該說，愛到底是什麼，我並不太懂。」

「沒有這回事。你不懂也沒有關係。我啊，覺得我們收受到的就是愛沒錯。這樣不就好了嗎？」

「嗯，謝謝妳。」

「我也是，謝謝你。」

和伯母喝茶聊了一陣子的天以後，我一個人下廚做了料理，真的十分久違了。伯母雖然說了「我們一起做吧」，可是我就彷彿母親逝世後改由我做飯給父親吃那時一樣，突然就是很想自己一個人下廚。為了做龍太愛吃的炸雞，我在雞腿肉上抹上生薑泥，再用醬油與酒調製成的醬汁醃肉，太白粉剛好用完了，於是我和伯母一起去買。前往超市的路上，我一邊欣賞染上秋意的樹木與高廣的天際，一邊閒適地踱著步。返回屋內後，我又做了小白菜香菇湯。至於準備給伯母吃的不是炸雞，我做了照燒雞肉。等到餐桌上的飯菜全數就位，我將龍太的照片也一併擺上。在熱氣與談話交織的飯桌上，照片裡的龍太始終掛著笑意。

接下來一到週末，我就必定會拜訪那間公寓，和伯母一起掃完墓，便由我握起菜刀。伯母的廚藝好，我不覺得自己做的菜會合她口味，不過，能聽到伯母語帶雀躍地說：「之前有想吃的東西只能自己動手做呢。不知道有多久沒像這個樣子享受了。」再由我將羊棲菜什錦煮和卷纖湯（註18）端到她面前，也別有一番樂趣。

用完飯以後，伯母會拿出龍太小時候的照片，邊與我分享邊聊些往事。話題不僅限於龍太，很自然也會談到當時的她。其中讓我笑得最開心的不是有關龍太的故事，而是她在稱呼那時還有婚姻關係的老公時，口氣實在惡劣到了極致。

她將前夫稱為「那個」，講起「那個」有多麼沒用，她就好比一名在舞臺上拿出絕活、演說一段長臺詞的女演員那般，批評得口若懸河。

註18 不使用魚或肉類，以當季的白蘿蔔、胡蘿蔔、牛蒡、芋頭等根莖類蔬菜為主，加上蒟蒻和豆腐等配料先炒過再煮成的湯料理。

「那個在家裡真的是個一點兒貢獻也沒有的人。在我還沒生這場病以前，差不多是龍太剛上中學的時候，有一次，我因為感冒爬不起床。那還是我有生以來，第一次發燒超過四十度。我在被子裡昏睡一段時間後，那個跑來我的枕頭旁邊。還以為他是在關心我的身體狀況，結果居然是要問『飯還沒做好嗎』。我要生氣也沒力氣，那時嚴重到根本連聲音都發不出來啊。明明用看的也曉得，那個卻大發脾氣吼我：『妳沒聽到嗎？我在問飯還沒好嗎？』龍太上中學前的夏天，他還曾經帶女人進來家裡過。我生氣地罵他：『你難道沒想過被龍太看見怎麼辦嗎!?』他還回我：『那傢伙不是去參加森林營隊了嗎，我可是知道的啊。』最後他和那個女的離開了，類似私奔吧，但我其實還要感謝她呢，幫我收留了那種瘟神。可是啊，過了幾年以後，那個竟然打了電話過來，想跟我要錢。我罵他：『我現在也弄壞了身體，是龍太在工作賺錢！你到底哪來的臉還敢打電話回來！』他還說下次要改找龍太要錢。我從來沒像那時候那樣火大過。用摔的掛掉電話也是第一次。真的是，要說有什麼值得感謝那個的話，也就只有龍太是他帶給我的了。」

我插不上話題，也不確定哪個時候笑出聲比較適合，只好努力抿緊嘴唇。見到我這副模樣，伯母馬上露出愧疚的臉色。

「抱歉。」

她對我說。

「咦？怎麼這麼說？」

「因為……讓你聽我說了這些……」

至此我才笑了出來，好一會兒都停不下來。

「我完全不介意。倒不如說有點安心了。感覺伯母很有精神呢。」

「真是的，好丟臉的呀，竟然因為這種事有精神。齊藤先生的雙親感情很好吧？」

「是那樣沒錯，不過我的友人當中也有好幾對夫妻離婚了喔，能夠理解他們有他們自己的苦衷。而且啊，像家母也會有脾氣爆發的時候，還會衝著家父發火。只是，我也是最近才聽家父提起這些。小時候的我不會知道這些內情，所以這種想法或許很輕佻，不過我現在，覺得有點高興，會感慨家父也會和我聊這些了啊。話說像這些事，想必伯母妳沒辦法告訴龍太吧？」

「是啊，但是真不可意思，為什麼對著你就說得出口了呢？」

「哈哈哈。而且剛才伯母妳不是才說過嗎，沒力氣的話連生氣都沒辦法。伯母今天很有朝氣呢。」

「確實是呢，真的耶。」

我們就像那個樣子，開懷地對著彼此笑了好一陣子。

離開時，我從公寓附近搭公車到北野車站，沿途中心裡想著，這種日子可以一直持續下去就好了。我幾乎是在祈禱，但願自己心想就能事成。

十二月底，我回了老家一趟，正當我用舊毛巾擦拭母親的墓碑時，接到了一通未登記在手機通訊錄的號碼的聯絡，對方自稱是「中村妙子的姪女」，打來通知我龍太母親住院的消息。

12

擁有知識不盡然會幸福。我的母親在生病以後，很快便開始閱讀與自己的病症相關的書籍。因此在病症惡化以前，她已知道了若是繼續生病下去會如何。若非如此，她就不會留下那種信了吧。不曉得母親寫下那封信的時候是不是在哭？也許當時的她正被絕望與恐懼吞噬吧；又或者，她其實正詛咒著自己的命運。

從老家回到東京後，我去了醫院，在六人房找到伯母的時候，她的手臂上吊著點滴。伯母注意到我的到來，臉上綻放出笑意，並對一旁幫忙照料她的女性如此介紹我。

「這一位是對龍太和我都相當照顧的人。」

那名女性介紹自己姓柴田，並向我行了一禮。「不好意思，在年底正忙碌的時期致電給您。」

那時正好是中午時分，護理師送來午餐。我對柴田小姐說：「有我陪著沒關係，您先去用餐吧。」

看準柴田小姐離開病房後，我握起伯母的手，卻想不出該說些什麼好。片刻過後，伯母露出微笑。

「我老是這樣，不是讓你擔心就是害你驚嚇呢。」

要怎麼回應我也沒有頭緒。我靜靜地坐到先前柴田小姐坐著的椅子上，與伯母相牽的手仍未放開。

「他是妳的兒子嗎？」

對面病床上，一位年約八十歲、正靠在床頭用餐的老婆婆朝伯母問道。陪在她身旁的女性和我們低頭賠不是。「不好意思。」伯母則回應對方：「不會。」

隨後伯母稍微提高音量說：「他是照顧我兒子最多的人喔。」

當那名女性為了更換花瓶的水而走出病房後，老婆婆又一次問道：「他是妳的兒子嗎？」伯母亦給出同樣的回答。這時我總算能和伯母一同綻放出笑容。伯母望著我的臉，鬆了一口氣。

「啊，太好了。剛才你的眉頭實在皺得很緊。」

「因為……嚇了我一跳嘛。」

「不過啊，我覺得很幸運喔。幸好不是在受到你幫助的時候發生這種事。」

「怎麼這麼說……」我只說了這句，馬上又詞窮了。

醫院裡的空氣充斥著一股刺激雙眼的消毒水味，蓋過了一切生機的氣息。不管過多久我都習慣不了這股味道。牆上本該更加潔白的壁紙，也是因為這股味道才變了顏色嗎？因為這股氣味，所以才會到處都有著斑駁的痕跡嗎？

我往窗外望去，手依然和伯母牽著。葉子已落盡的禿枝因強風吹過而動搖。有時，整扇窗連著窗框，也與那些樹木一起搖晃。這是間老舊的醫院。

我索性不再遲疑，開口問道：

「伯母，妳該不會是知道要住院，才申請了生活補助……？」

伯母閉上眼睛，揚起唇角說：

「什麼時候要住院，這種事再怎麼說也沒辦法預料到的，不過與病痛相處也有將近十年了，對於自己的身體狀況，我還是大概有個底的……」

我合上雙眼，握緊了伯母的手。這個人也知道了。

「但是啊，情況如果還像之前那個樣子的話，你一定會不惜勉強自己也要照顧我吧。那樣我可不樂見。」

這個瞬間無論是回她「我才不會」，或是「妳可以依賴我」，也只會造成伯母的負擔吧。最終我喃喃地附和了一句「會嗎？」並伸出另一隻手將伯母的手收攏。

柴田小姐與對面負責照顧那位老婆婆的女性，幾乎在同個時間點回來。我放開伯母的手，改聊些被人聽見也無所謂的、無傷大雅的話題，約好會再來後便出了病房。

擁有知識不盡然會幸福。我用這雙眼目睹了自己母親逐漸走向死亡的那段日子。母親直到最後一次住院的前三天，都還待在廚房裡。住院後大約前十天左右，不論何時去探望總能看到她有朝氣的樣子。再接下來，就開始出現插入鼻子裡的塑膠管、顯示心電圖和血壓的生理監測儀、吊在床邊的尿袋、氧氣面罩等等，過去我從未見過的東西。我到那個時候才知道，手臂沒辦法再打點滴的話，就會改在腳趾上扎入針頭。結果，母親在醫院度過的日子僅僅四十天。

每回去探望伯母，總會看到她身上又多了那些我見過的儀器。而她回答對面老婆婆那句「他是妳的兒子嗎？」的聲音，猶如下樓梯般越發地微弱。吊點滴的部位，後來也終究換到了腳趾頭上。我為了裝作平靜的樣子卯足了全力。

「等伯母妳恢復精神以後，我們一起去吃鰻魚吧。伯母，妳喜歡吃魚對吧？江戶川橋那裡有間味道絕佳的店。我和龍太也去過一次喔。」

「啊，那件事，我有聽龍太說過。他告訴我的時候，真的看起來好開心的樣子。聽說白燒鰻非常美味呢。」

「是啊，白燒鰻真的是極品中的極品。魚肉送進嘴裡，就好像一層薄雪似地融化了，油脂也很豐富呢。所以伯母妳一定要打起精神來。我們約好了喔。」

替伯母擦汗，把涼水倒入長嘴壺再讓她喝下去，摩挲著她的手，和她說話。這些與我從前照顧母親時所做的事如出一轍。只是，有一點和那時候不同，我心裡明白約定或許是沒有實現的機會了。

說了會再過來以後，我便朝病房門口走去，準備搭乘預約好的計程車，這時柴田小姐說要送我離開。來到一樓的門診掛號處，我鼓起勇氣向柴田小姐說：

「不好意思……在我十四歲的時候，家母因為癌症去世，最後一次住院的那段日子，我也一直看在眼裡……我明白說這種話是極其冒犯的，但是……中村先生的母親，狀況不太樂觀對吧。」

柴田小姐面色沉痛地點了頭。

「住進醫院的時候，醫生說是第四期。」

她說。

明明是預想中的回答，我卻無言以對。怔怔地站在原地一陣子後，好不容易才開口詢問柴田小姐。

「請問之後我也能繼續過來探訪嗎？」

柴田小姐回道：

「可以的，還請您務必再來。您有來露面的日子，姑姑的氣色也比較好。雖然我身為她的家屬說這種話很過意不去，不過我自己的孩子還小，總會有不方便陪在她身邊的日子……」

她向我低頭致意，我亦深深鞠躬回以一禮，隨後轉身朝停在一旁、亮著載客燈的計程車走去。

沒有時間了……沒有時間了！

13

下個星期六，我在中午前去了一趟醫院。搭京王線之前先打電話聯絡了柴田小姐，便聽對方說要處理孩子的事情，只有這天實在抽不出空去醫院，為此還向我道了好幾次歉。我倒覺得這是個千載難逢的機會。可以不受任何人打擾與伯母談話，就算只有一次也很好了。

進入病房時，伯母已戴上了氧氣面罩。許是強效的止痛藥發揮作用了，伯母正睡得安穩。不知是否因為戴著氧氣面罩的緣故，她胸口的起伏既規律，可又激烈地動作著。我坐到旁邊的椅子上，目不轉睛地凝視她的臉龐。

「你是她兒子嗎？」

對面老婆婆的問話聲傳了過來。今天那位負責照料她的女性似乎也不在。我報以微笑，微微地搖了搖頭。

這是間六人病房，然而裡面的病患在不知不覺中少了兩名。左右各三張床並排，此刻兩邊正中央的床鋪俱是空的。儘管我心想：說話聲應該不會打擾到伯母吧？但我怎麼也不忍心對著尚在睡夢中的伯母說話。唯有生理監測儀的電子音在室內靜靜地迴響。

約莫一個鐘頭之後，伯母緩緩醒轉過來。

「啊……」

她開口說道，雙眼還半睜著，就對我笑吟吟地伸出了手。我接住那隻手。那是隻瘦小而滿是皺紋、虛弱而乾燥的手。屬於一位來日不多的人的手。

「你來了呀。」

「嗯。」

「好開心呀。謝謝你。」

伯母又一次重複說著「謝謝你」，同時回握住我的手。那隻手的力氣幾乎所剩無幾。

為了不讓眼淚奪眶而出，我狠狠地咬住臉頰內側的肉。伯母的眼睛僅微微地睜開一條縫，失去視力的人卻是我。

「浩輔先生，你的老家在外縣嗎？」

「嗯，是個超鄉下的地方。不過伯母，妳說太多話的話……」

「沒關係。就讓我任性一下吧……想要和你說的話，還有好多好多。好嗎……？」

「……好的。」

我挪動椅子，好讓自己緊緊地挨近伯母的臉。

「怎麼會想來東京呢……？」

伯母問道。

「……這很難用一句話來概括……」

才剛開口，伯母便打斷我的話，說：「拜託你。」

「見外的客套話就……不，就像是龍太在和我說話那樣……請你當成在和自己的母親聊天吧……」

我回握住伯母的手，接著說了下去。

「很難一句話就解釋完喔。不過啊，家母過世的時候，學校同學說了些侮辱家母的話，那可能是最主要的契機吧，讓我覺得要是一輩子的生活都得看到那種人的臉，比死還無法忍受。所以我就來東京啦。沒有什麼夢想或野心，只是因為想逃出來，就跑來這裡了。」

「是嗎……讓你提起了痛苦的往事啊……」

「沒事啦，妳別放在心上。因為我總是在想啊，有來到東京真好。

儘管也覺得自己是個活著卻不結婚的不孝子，為此感到過意不去，但是我到現在，也還沒原諒那些同學。」

模糊的視野中，伯母似乎微微地笑了。

「這樣啊……像我都已經這個樣子了，還沒原諒的人，也還是有好多……」

幾分鐘以後，伯母再度開口說道：

「但是啊……你聽了這種話可能會生氣吧……我其實有一點兒感謝你的那些同學……畢竟，要是沒有他們的話，龍太就沒機會遇見你了……我也不會認識你……所以呀……不原諒他們也沒關係……沒有那種必要……不過從今天開始，你可以，活得更輕鬆一點啊……」

我的忍耐潰堤了。淚水漫過了眼眶。想著至少別讓微睜著雙眼的伯母聽見聲音，我死命地克制住呼吸，用力點了點頭。

對面的老婆婆大聲地問伯母：「他是妳的兒子嗎？」

「這位是對我兒子……」

伯母說到一半便打住，片刻後，她竭盡全力大聲地接下去說：

「對，是我兒子……他是我的兒子……我很重要的兒子。」

一股更強勁的落淚衝動幾乎就要襲來，我用空著的那隻手掐也似地摀住自己的嘴。

吶，弄反了吧。不管是鼓勵還是救贖，本都該是我的職責才對啊。明知如此，可一旦開口的話，在說話以前我恐怕就要先嚎啕大哭起來了，因此我無法鬆開那隻抓摀住自己的手。

過了一會兒，我的母親開始意識朦朧，就在我止住眼淚之際，她再一次微微睜開眼睛，開口說：

「吶，我去一日遊帶回來的那個紀念品……」

「嗯。」

我依然握著母親的手，並用另一隻手伸進口袋裡摸出手機，將手機遞到母親的面前。

「對，還有，那個……」

「漆筷，我在家會用喔。收到這些真的超級開心。謝謝妳。」

「很奇怪對吧……居然送一個男人，那種顏色的筷子……」

「不會，那是我喜歡的顏色喔。」

「挑那個的時候……就好像在挑要給母親的紀念品似地……因為我，沒有送禮物給母親的經驗……」

「沒關係的。無論在妳心目中的我是什麼樣的形象都很好喔。儘管我是個長著多餘的東西、年紀還比較小的奇怪的媽媽，但無論妳是怎麼看我的，我都很開心。是真的非常開心喔。」

「前夫的事……和你聊完以後……我就想……我在離婚之後……沒有能回去的家……也沒有會聽我說的母親……」

我用力地重重點頭，好讓龍太的母親能看清楚，她亦點了回來。

「你雖然是龍太的戀人……但是我想過，龍太他，是不是也會像對母親撒嬌那樣……對著你撒嬌呢……」

「那樣有什麼不好嗎？對於心甘情願為了自己的母親而努力的男人，適時地給點兒獎勵也是必要的喔。」

「謝謝你……我同樣也太依賴你了……明明你也一樣痛苦啊……」

「不會啦，別再說了。就當成是龍太有兩個母親，這樣不是很好嗎？」

「謝謝你……我也是，有兩個母親呢。」

「我也一樣喔。」

好一段時間裡，母親握著我的手反覆地緊了又緊好幾次。我控制著力道回握住她，避免弄疼了那隻無力的手。

我們握著彼此，也許就這樣過了幾十分鐘吧，突然間，母親發出痛苦的呻吟。是我太用力握住她了嗎？還是說……霎時汗水如瀑布般緊張得從全身噴湧而出，我鬆開手，準備按下緊急呼叫鈴。

「不是的……」

從母親的呻吟聲中傳來呢喃。我將耳朵湊近她的唇邊。

「不是的……我是不甘心。因為，要結束了……和你的相處馬上就要結束了……」

我已精疲力竭得連淚也流不出了。縱使到了現在，母親也仍為了鼓勵我、救贖我，不停地和我說話。而我唯有附和她來被動地接受這一切。

沒時間了……沒時間了！

我伸出雙手包覆住母親的右手，雙膝跪到地上，嘴巴湊近她的那隻耳朵，說道：

「沒有結束。還沒有結束！接下來才剛要開始！因為龍太在那一邊等我們啊。聽說在那一邊，一點痛苦也沒有，至今為止所經歷的辛苦，全部都會消失不見。沒錯吧？終於可以和龍太一起快樂地生活了不是嗎？接下來才正要開始不是嗎？」

我摩挲著包覆在掌心裡的那隻手，也不顧自己正一抽一抽地哭，繼續說：

「不止龍太喔。在那一邊，還有我的另一位母親也在。那裡應該有位名叫齊藤靜子的人，先一步到那裡享福了……請妳去找她。麻煩妳和龍太去找那位名叫齊藤靜子的人。如果找到了同名的人，就問她：『妳有個叫做浩輔的兒子嗎？』要是那個人說『有』，你們就先三個人一起愜意地過日子，好嗎？晚點我也會去找你們。如此一來，不就能團聚了嗎？那麼快樂的生活，才正要開始不是嗎！」

一切都是我杜撰的謊言。我壓根就不相信那個世界的存在。流下的眼淚是真實的，明知這說不定真的就是最後了，從我嘴裡信口吐出的話語，卻沒有任何一句是「真的」。但是，我再怎麼絞盡腦汁，也想不出還能怎麼替人打氣了。

想不到的話，那也沒辦法。在我這麼想的同時，仍舊因為愧疚感而抬不起頭。我無以面對眼前母親的臉。

冷不防的，從枕邊傳來一道說話聲。

「是呢……」

母親望著我，對著我微笑。

「我還得和龍太……一起去告訴她才行呢……告訴她『令郎不知道拯救了我們多少次』……從這裡才算開始對吧……」

撲簌簌的淚珠止不住地墜落，我發不出聲音，像個傻瓜似地點了點頭。

「我也想拜託你……」

我仍然不停地點頭。

「你也曾……向我說了好幾次『對不起』……可不能再這麼說

了……對靜子小姐、也不行……你沒有做過任何、必須向母親道歉的事……靜子小姐肯定、也有同感……我很清楚……」

那些總是在老家母親的墳前、佛壇前不停道歉的記憶躍然眼前。為了不讓自己的聲音傳到外面去，我把臉埋進床邊，低聲慟哭。我嗚——嗚——地哭，狠狠地發洩，哭到泣不成聲也沒停下來。

眼前的這位母親或許已經察覺到了，我所說的全是虛偽的謊話。也許她明知如此，還是為了拯救我，配合我演了一場戲。但是，這樣就夠了。我們就是只能這麼做的關係，能說的就只有這些話，而我從中得到了最夢寐以求的事物。除此以外，我還有什麼好奢求的嗎？

直到我止住流淚抬起臉時，母親已再度睡去。她的胸口規律地起伏著，嘴角噙著笑意。往外一看，太陽早已完全西沉。夜晚的冷空氣從老舊的窗邊縫隙悄悄鑽了進來。隨著夜深，只會變得更冷吧。我繼續搓著握在手裡的母親的手，哪怕只能讓她暖和一點點也好。

不知下次回老家祭奠母親時，我能否做到只說「對不起」以外的話語。是否能就此捨棄掉二十多年來都無意改變的習慣呢？不對，如今我是非做到不可。老家的母親逝世之時，我說的「絕對要好好活下去」，感覺就像是自顧自和她做的約定，並自顧自地守諾至今。但是我和眼前的這位母親，並不是由我單方面地自說自話，我們是和彼此說好了的，所以我更要好好地信守承諾才行。

不知老家的母親會作何感想呢？第一次聽到兒子沒把「對不起」掛在嘴邊，是否會感到疑惑呢？或者她會如同眼前這位母親曾經說過的那般，笑笑地回我：「聽到孩子對自己道歉的話，做母親的，只會難受而已。你總算能體諒了呀。」

好奇怪呢，我分明一點兒也不相信那個世界存在才對——

忽然間，我注意到蓋在母親身上的兩條毛毯，在鄰近腳的那端掀開了一點兒，讓她赤裸的腳趾頭露了出來。我鬆開交握的手站起來，走到床尾伸出手，想將毛毯鋪好。

「先不要回去……」

我循著那道微弱的聲音抬起頭，便見到母親的眼睛睜開一條縫望向我這裡。

我朝她頷首，內心裡喃喃自語著。

我不會回去喔，我還在這裡。因為屬於我和母親的新關係，現在才剛開始不是嗎？就這樣結束的話，未免太寂寞了。

待我走回枕邊，以自己的雙手包裹住母親的右手，她便緩緩地合上了眼。

參考文獻

《悲沉瀑布》 新潮社出版／三島由紀夫著
《喬凡尼的房間》 白水社出版／詹姆斯・A・鮑德溫著／大橋吉之輔譯

嬉文化

愛是自私
（原名：エゴイスト）

著　者／高山真
執 行 長／陳君平
榮譽發行人／黃鎮隆
協　理／洪琇菁
執行編輯／丁玉霈
譯　者／許子昭
美術總監／沙雲佩
美術編輯／方品舒
國際版權／黃令歡、高子甯、賴瑜妗
文字校對／朱瑩倫
內文排版／謝青秀

出　版／城邦文化事業股份有限公司　尖端出版
台北市中山區民生東路二段一四一號十樓
電話：（〇二）二五〇〇－七六〇〇
傳真：（〇二）二五〇〇－二六八三
E-mail：7novels@mail2.spp.com.tw
發　行／英屬蓋曼群島商家庭傳媒股份有限公司城邦分公司　尖端出版
台北市中山區民生東路二段一四一號十樓
電話：（〇二）二五〇〇－七六〇〇（代表號）
傳真：（〇二）二五〇〇－一九七九
中彰投以北經銷／楨彥有限公司（含宜花東）
電話：（〇二）八九一九－三三六九
傳真：（〇二）八九一四－五五二四
雲嘉以南／智豐圖書有限公司
（嘉義公司）電話：（〇五）二三三－三八五二
傳真：（〇五）二三三－三八六三
（高雄公司）電話：（〇七）三七三－〇〇七九
傳真：（〇七）三七三－〇〇八七
香港經銷／城邦（香港）出版集團有限公司
香港灣仔駱克道一九三號東超商業中心一樓
電話：（八五二）二五〇八－六二三一
傳真：（八五二）二五七八－九三三七
E-mail：hkcite@biznetvigator.com
新馬經銷／城邦（馬新）出版集團 Cite（M）Sdn. Bhd.
E-mail：cite@cite.com.my
法律顧問／王子文律師　元禾法律事務所
台北市羅斯福路三段三十七號十五樓
二〇二四年一月一版一刷

■中文版■

郵購注意事項：
1.填妥劃撥單資料：帳號：50003021戶名：英屬蓋曼群島商家庭傳媒(股)公司城邦分公司。2.通信欄內註明訂購書名與冊數。3.劃撥金額低於500元，請加附掛號郵資50元。如劃撥日起 10～14日，仍未收到書時，請洽劃撥組。劃撥專線TEL：(03)312-4212 ・ FAX：(03)322-4621。E-mail：marketing@spp.com.tw

國家圖書館出版品預行編目資料

愛是自私 / 高山真作；許子昭譯. -- 一版. -- 臺北市：城邦文化事業股份有限公司尖端出版：英屬蓋曼群島商家庭傳媒股份有限公司城邦分公司尖端出版發行, 2024.01

面；　公分

譯自：**エゴイスト**

ISBN 978-626-377-513-8（平裝）

861.57　　112019502